François Lelord
   Hector fängt ein neues Leben an

François Lelord

Hector fängt ein neues Leben an

Roman

Aus dem Französischen
von Ralf Pannowitsch

Piper München Zürich

Mehr über unsere Autoren und Bücher:
www.piper.de

Von François Lelord liegen im Piper Verlag vor:

Romane:
Hector und das Wunder der Freundschaft
Hector & Hector und die Geheimnisse des Lebens
Hectors Reise oder die Suche nach dem Glück
Im Durcheinanderland der Liebe
Hector und die Geheimnisse der Liebe
Hector und die Entdeckung der Zeit
Die kleine Souvenirverkäuferin

Sachbücher:
Die Macht der Emotionen (mit Christophe André)
Das Geheimnis der Cellistin

MIX
Papier aus verantwortungsvollen Quellen
FSC® C006701

ISBN 978-3-492-05491-1
© Piper Verlag GmbH 2013
Gesetzt aus der Palatino
Satz: Satz für Satz. Barbara Reischmann, Leutkirch
Druck und Bindung: CPI – Clausen & Bosse, Leck
Printed in Germany

Es war einmal ein Psychiater, der hieß Hector, und so richtig jung war er leider nicht mehr.

Aber auch wenn er nicht mehr richtig jung war, richtig alt war er auch noch nicht: Wenn er spät dran war, konnte er noch die Treppen hochsprinten, und an einen neuen Computer gewöhnte er sich schnell. Am Wochenende guckte er zu Hause manchmal noch Musiksendungen für junge Leute, und wenn ihm ein Lied gefiel, dann tanzte er ganz allein danach, sehr zur Freude seiner Frau Clara.

Aber trotzdem merkte Hector, dass er nicht mehr richtig jung war: Seine jungen Kollegen duzten ihn nur zögernd, morgens beim Aufstehen tat ihm oft der Rücken weh, im Restaurant konnte er, wenn das Licht ein bisschen schummrig war, die Speisekarte nicht mehr lesen, und überhaupt fand er, dass die Kellner und die Polizisten immer jünger wurden.

Die meiste Zeit war Hector recht zufrieden mit seinem Leben. Er hatte einen interessanten Beruf, der ihm den Eindruck vermittelte, nützlich zu sein; mit Clara war er glücklich verheiratet; seine beiden Kinder waren schon groß und begannen allem Anschein nach ein normales Leben zu führen, und schließlich hatte er auch Freunde, mit denen er schöne Augenblicke erlebte.

An manchen Tagen jedoch fand er seinen Beruf zusehends beschwerlicher; für sein Empfinden arbeitete Clara zu viel; es fiel ihm auf, dass sie bisweilen mufflig und erschöpft waren (zum Glück nur selten beide zur gleichen Zeit); sein Sohn und seine Tochter fehlten ihm; er sah seine alten Freunde nicht mehr so oft und fragte sich manchmal, ob er nicht lieber in einer anderen Weltstadt leben würde, auch wenn er wusste, dass die Menschen aus allen Ländern herbeiströmten, um seine eigene Stadt anzustaunen – Paris.

Hin und wieder kamen ihm auf der Straße Frauen entgegen, die er ungewöhnlich verführerisch fand, und dann träumte er einen Augenblick lang davon, mit ihnen ein Abenteuer zu beginnen. Aber das war nur wie ein flüchtiges Fünkchen auf einem noch nicht ganz erloschenen Radarschirm. Er wusste ja, dass er seine Clara liebte, und diese einzigartige Liebe wollte er nicht für etwas aufs Spiel setzen, das bestimmt ziemlich banal wäre. Also drehte Hector sich noch nicht einmal nach diesen verführerischen Frauen um, denn das hätte er erbärmlich gefunden.

Wenn Sie ihn danach gefragt hätten, hätte Hector Ihnen geantwortet, dass er mit seinem Leben im Großen und Ganzen recht zufrieden sei und sich vor allem wünsche, dass alles so weiterlaufe wie bisher. Und das war nun leider wirklich ein Zeichen dafür, dass er nicht mehr jung war.

Dennoch träumte er von Zeit zu Zeit, ohne es sich einzugestehen, von einem anderen Leben, was wiederum bewies, dass er eben auch noch nicht richtig alt war.

Olivia möchte ein neues Leben anfangen

»Doktor, ich würde so gern ein anderes Leben haben!«

Das sagte Olivia, Kunstlehrerin an einem guten Pariser Gymnasium – einem von denen, wo die Eltern mehr verdienen als die Lehrer, die gewöhnlich in den Vorstädten wohnen. So auch Olivia, die in einer Freistunde in Hectors Sprechzimmer kam.

Olivia sah immer noch jung aus, sie war, wie man so schön sagt, rank und schlank. Mit ihren funkensprühenden blauen Augen schien sie auch immer noch bereit, auf die Barrikaden zu gehen, wenn es um die Verteidigung der Kunst und überhaupt um die großen Weltprobleme ging. Sie war ziemlich sexy und immer noch unverheiratet; dabei glaubte Hector nicht, dass es ihr an Kandidaten gefehlt hatte, die ihr ein Leben zu zweit vorgeschlagen hatten.

Allerdings hatte man Olivia schon früh beigebracht, eine Frau müsse vor allem unabhängig sein und ihr eigenes Leben leben, und die Ehe sei bloß ein altmodischer bürgerlicher Zopf, den man abschneiden müsse. Und wenn sie sich die Ehen ihrer Freundinnen anschaute – egal, ob diese geschieden waren oder immer noch mit ihrem Mann zusammenlebten –, bekam sie tatsächlich selten Lust, einen eigenen Versuch zu wagen.

»Ein anderes Leben welcher Art?«

Hector war ein wenig überrascht. Er hatte Olivia während einiger Konsultationen kennengelernt, nachdem sie bei einer etwas stürmischen Flugreise in Zentralasien Panikattacken bekommen hatte, die sie hinterhältigerweise nicht mehr aus den Fängen lassen wollten, als sie längst wieder festen Boden unter den Füßen hatte. (Olivia gab einen Großteil ihres Geldes für ziemlich abenteuerliche Reisen aus.) Mit einer geschickten Mischung aus Medikamenten und Psychotherapie hatte Hector ihr schnell helfen können, zumal Olivia psychisch ansonsten in einem sehr guten Zustand war.

Er vergrößerte also, wie üblich bei Patienten, denen es besser ging, die Zeitabstände zwischen den Terminen. Bei Olivia hatte er es ein bisschen bedauert, denn eine hübsche Patientin, die man geheilt hat, sieht man viel lieber wieder als ein Monster, dem es immer schlechter geht und das im Sprechzimmer zu ächzen und zu wimmern anfängt. Aber so läuft es nun mal in diesem Beruf: Man ist dafür da, die Leute dann zu behandeln, wenn es ihnen schlecht geht.

»Ich habe das Gefühl, dass ich von Anfang an auf dem Holzweg war«, sagte Olivia, »und dass es jetzt zu spät ist.« Und dabei schaute sie Hector mit einem dramatischen Gesichtsausdruck an.

»Wie meinen Sie das?«

Vielleicht ist Ihnen schon aufgefallen, dass Hector eine Frage mit einer Gegenfrage zu beantworten pflegt. Das ist eine Grundtechnik in seinem Beruf – zunächst einmal, um den Patienten zu verstehen, aber vor allem auch, um ihm zu helfen, sich selbst zu verstehen.

»Nun, alles, woran ich geglaubt habe – Freiheit, Unabhängigkeit, Kunst, Einsatz für die Gesellschaft!«

»Die Ideale Ihrer Jugendjahre also?«

»Genau«, sagte Olivia mit einem charmanten Auflachen.

Sie konnte sich über sich selbst lustig machen, was ein Zeichen geistiger Gesundheit ist.

»Aber glauben Sie denn nicht mehr an diese Ideale?«

»Doch, natürlich. Aber ich frage mich, was sie mir gebracht haben.«

»Sind Sie mit Ihrem gegenwärtigen Leben nicht zufrieden?«

Olivia sagte ein paar Sekunden lang nichts; zuerst schaute sie Hector an, dann spielte sie nervös mit ihrem exotischen

Armband herum, das, wie Hector festgestellt hatte, aus Tibet kam.

»Verdammt noch mal, ich rede nicht gern darüber, aber schauen Sie sich doch mein Leben mal an!«

»Ich habe den Eindruck, dass Sie es sich genau so ausgesucht haben ...«

»Das ist es ja gerade!«, rief Olivia aus.

Und als hätte man ein Ventil geöffnet, sprudelte es plötzlich aus ihr heraus: »Verstehen Sie denn nicht? Ich habe mich für den Lehrerberuf entschieden, weil ich dachte, den Kindern die Kunst nahezubringen sei das beste Mittel, um bessere Erwachsene aus ihnen zu machen – gerade hierzulande, wo die Kunsterziehung in den Schulen ein Schattendasein fristet.«

»So ist es«, sagte Hector, »aber gefällt Ihnen diese Idee nicht mehr?«

»Heute verbringe ich meine Zeit vor Bürgersöhnchen und Bürgertöchtern, die wiederum ihre Zeit damit verbringen, heimlich ihre Smartphones zu *checken*.«

»Gibt es denn keine Ausnahmen?«

»Doch, aber weil ich an einem feinen Gymnasium unterrichte, stehen diesen Ausnahmen schon zu Hause Kunst und Kultur offen! Was kann ich denn da noch bewirken?«

Hector sagte sich, dass Olivia wahrscheinlich mehr bewirkt hatte, während sie als ganz junge Lehrerin an den sozialen Brennpunkten unterrichtet hatte.

Sie hatte seine Gedanken erraten: »Natürlich könnte ich um meine Versetzung in einen Problemvorort bitten (meine Kolleginnen würden mich für übergeschnappt halten), aber dieses Opfer habe ich doch schon mal gebracht, und überhaupt wäre es heute dort das Gleiche in Grün – die gleichen Smartphones ...«

»Und haben Sie schon mal ins Auge gefasst, den ...«

Aber Olivia war nicht mehr zu bremsen: »... und außerdem ist mir mittlerweile klar, wie wichtig Geld ist!« Sie erklärte, dass man sich mit fast vierzig (genau genommen war sie 42 Jahre alt) ein komfortableres Leben zu wünschen beginne.

Inzwischen sei sie ungeschminkt und in Jeans nicht mehr besonders hinreißend; sie habe jetzt Lust auf Kosmetika und elegante Kleidung, aber mit einem Lehrergehalt könne sie sich das alles nicht leisten, es sei denn, sie verzichte auf ihre Reisen, aber wofür solle sie dann überhaupt noch leben, und schließlich halfen ihr die Reisen, den Rest des Jahres zu überstehen.

»Haben Sie schon darüber nachgedacht, ob …«

Ihre Redeflut war nicht aufzuhalten: »Und mein Liebesleben erst! Ja, ich werde noch immer angebaggert – natürlich nicht mehr so oft wie früher –, aber die Männer, die mich interessieren, sind meistens schon unter der Haube. Und kommen Sie mir bloß nicht mit Ihrem Psychozeugs über meinen neurotischen Hang zu Männern, die nicht mehr zu haben sind! Es stimmt leider einfach, dass die guten Männer in meinem Alter alle schon einen Ehering tragen! Davor hat mich früher meine Mutter immer gewarnt, und damals fand ich das total lachhaft! Heute habe ich den Eindruck, dass für mich nur noch die Schürzenjäger übrig geblieben sind (und die sind sowieso meist auch verheiratet), die total Verklemmten oder die Geschiedenen, die Angst haben, sich erneut zu binden! Ich könnte ein ganzes Buch über die Typen schreiben, die mich am Tag danach wieder anrufen, aber die ich lieber nicht wiedersehen möchte!«

Hector saß ein wenig verdattert da, als sich diese Flut von Vertraulichkeiten über ihn ergoss, obwohl er eigentlich wusste, dass es sein Job war, sich so etwas anzuhören.

»Und wissen Sie, was am schlimmsten ist?«, fragte Olivia.

»Nein …«

»Dass ich manchmal von einem fürsorglichen Mann träume. Der mich mit auf Reisen nimmt und mit mir shoppen geht. Für den Geld nie ein Problem ist und der mich zu alledem noch fragt, wie ich mich fühle. Ein *fürsorglicher* Mann! Von so etwas zu träumen! Schauderhaft, nicht wahr?«

Und Olivia musste lachen, was einmal mehr ihren guten Gesundheitszustand bewies. »Ich mache Witzchen darüber,

Doktor, aber es ist wirklich ernst. Ich habe das Gefühl, dass mein Leben bisher ein einziger Irrtum war.«

»Darüber werden wir genauer sprechen müssen«, sagte Hector, denn die Konsultation war zu Ende, und auch wenn er sich gern länger mit Olivia unterhalten hätte, durfte er nicht noch etwas Zeit dranhängen, weil die dann dem nächsten Patienten gefehlt hätte.

Er griff zu Olivias Krankenakte, zögerte ein wenig und schrieb dann: »*Midlife-Crisis*«.

Hector und die Midlife-Crisis

Eigentlich wusste Hector nicht recht, ob er an die ominöse Midlife-Crisis glaubte, von der in den Zeitschriften so oft die Rede war. Einige seiner Kollegen hatten sogar Bücher darüber geschrieben und traten zu diesem Thema im Fernsehen auf.

Er hatte im Übrigen genau recherchiert und herausgefunden, dass es den Forschern selbst nach zahlreichen Untersuchungen schwerfiel, die Existenz dieser berühmten Krise nachzuweisen. Krisen konnten sich nämlich in jedem Moment des Lebens ereignen, und außerdem gab es viele Menschen mittleren Alters, die keine solche Krise durchmachten.

Aber wenn sich jemand so um die vierzig, fünfzig schlecht fühlte, wenn er seine Arbeit oder seinen Ehepartner nicht mehr so gut ertragen konnte oder sogar gleich ganz auswechseln wollte, dann fragte er sich natürlich, ob es nicht vielleicht die Midlife-Crisis war. Hector erklärte diesen Patienten dann oft, dass es sich eher um eine Krise handelte, die von den Sorgen ausgelöst wurde, die typischerweise in der Lebensmitte auftreten: Scheidung, Überlastung, berufliche Enttäuschungen oder, was noch trauriger war, der Verlust eines geliebten Menschen – all die Dinge, die passieren, wenn die Jahre ins Land gehen.

Aber er wusste auch, dass die Ankunft in der Mitte des Lebens (er selbst war ja gerade dort angekommen) eine sehr spezielle Sache war, denn wie Olivia bemerkt man dann plötzlich, dass man nicht mehr jung ist, auch wenn man noch nicht zu den Alten gehört. Also sagt man sich, dass man lieber jetzt damit beginnen sollte, etwas zu ändern, denn später würde es noch schwieriger werden: Man hätte dann weniger Energie, und vor allem würden die anderen denken, dass man zu alt sei, um ein neues Leben anzufangen. Sie würden einem keine Chance mehr geben – weder in der Liebe noch für eine neue Karriere.

Die Midlife-Crisis war ein bisschen wie die Lautsprecheransage: »Liebe Kunden, unser Geschäft schließt in wenigen Minuten, bitte beeilen Sie sich, Ihre Einkäufe für ein neues Leben zu erledigen, denn sonst wird es zu spät dafür sein.«

Und vielleicht vernahm Hector, wenn ihm eine hübsche Passantin über den Weg lief, selbst so eine innere Stimme, die ihm sagte: »Noch hast du Zeit, aber beeil dich, denn bald ist es zu spät.«

Der Nächste bitte!

Sabine möchte ein neues Leben anfangen

»Doktor, ich möchte ein neues Leben anfangen!«

Jetzt saß ihm Sabine gegenüber, eine verheiratete Frau, die eine eindrucksvolle Karriere hingelegt hatte, und das, ohne vorher groß studiert zu haben. Sie war zur regionalen Verkaufschefin einer großen Firma für Frühstücksflocken aufgestiegen. Hector sagte sich, dass sie wohl mindestens doppelt so viel verdiente wie Olivia.

»Ich habe die Nase so voll«, meinte Sabine.

»Wovon?«

»Von diesem permanenten Stress. Immer starrt man wie gebannt auf die Verkaufszahlen. Man muss die Vorgaben erfüllen und setzt auch noch das ganze Team unter Druck. Und wofür das alles?«

»Ja, wofür?«

»Um die Kinder mit ungesundem Zeug vollzustopfen, von dem sie fett werden!«

»Aber solche Getreideprodukte …«

»Viel Getreide ist da nicht mehr drin, dafür umso mehr Zucker und Fett! Versuchen Sie doch mal, richtige Haferflocken mit nichts als ein wenig Milch zu essen!«

»Das nennt man Porridge«, warf Hector ein.

»Ja, aber wer isst das heute noch? Nicht mal meine eigenen Kinder kriege ich dazu überredet!«

Denn Sabine hatte nicht nur Erfolg im Beruf, sondern auch zwei Kinder und einen Ehemann, der Tennislehrer war. An manchen Tagen aber hätte sie am liebsten ihren Koffer gepackt und sie alle sich selbst überlassen.

»Ich habe den Eindruck, dass mein Leben auf eine Weise

verläuft, die mir nicht gefällt, und ich will einfach nicht so weitermachen!«

»*Wie* weitermachen?«

Sabine hatte sich ereifert, Tränen waren ihr in die Augen gestiegen.

»Im Grunde reagiere ich die ganze Zeit nur auf die Bedürfnisse der anderen. Meiner Vorgesetzten, meiner Kinder, meines Mannes, meiner Eltern! Manchmal frage ich mich, wo *ich* denn eigentlich bleibe, worauf *ich* wirklich Lust habe. Darf ich nicht auch mal darüber nachdenken? Was meinen Sie?«

»Nun«, sagte Hector, »dann mal los!«

»Doktor, könnte das nicht die Midlife-Crisis sein?«

»Was bedeutet das für Sie – *Midlife-Crisis*?«

»Na ja, zunächst mal, dass ich den Eindruck habe, in der Mitte meines Lebens angekommen zu sein. Dass ich mehr darüber nachdenke als sonst.«

»Warum ist das Ihrer Meinung nach so?«

»Da reicht schon ein Blick auf mein Geburtsjahr. Unlängst bin ich vierzig geworden.«

»Sonst ist da nichts?«

»All die Scheidungen um mich herum … Und dann ist eine Freundin von mir krank geworden und …« Sabine konnte den Satz nicht beenden, sie zog ein Papiertaschentuch hervor und wischte sich die Augen.

Hector begriff, dass sie erlebt hatte, wie eine gleichaltrige Freundin gestorben war. Eine solche Erfahrung bereitet uns nicht nur viel Kummer, sondern lässt uns auch sehr nachdrücklich an unsere eigene Sterblichkeit denken und an die verrinnende Zeit.

»Also, Doktor, sieht das einer Midlife-Crisis nicht sehr ähnlich?«

»Ja, zumindest dem, was man landläufig Midlife-Crisis nennt.«

Hector empfahl Sabine, eine Liste mit allem zu machen, was ihr bei der Arbeit nicht gefiel, und außerdem eine zweite

Liste, auf der stand, was ihr Mann an seinem Verhalten ändern sollte.

Was die Arbeit betraf, so hatte er schon verstanden, welchem Stressfaktor Sabine ausgesetzt war: einem Konflikt zwischen ihren eigenen Wertvorstellungen und denen der Firma – es war ein bisschen so, als würde sie als Pazifistin für ein Rüstungsunternehmen arbeiten.

In den letzten Jahren hatte Sabine immer stärker auf eine Ernährung mit Naturprodukten geachtet, und das stand wirklich im Widerspruch zu den bunten Packungen, deren Verkaufszahlen sie steigern musste. Vielleicht konnte sie ja ihre Sicht auf die Dinge ein wenig ändern – Cornflakes zu verkaufen war immerhin noch besser, als für einen Zigaretten- oder Alkoholfabrikanten zu arbeiten.

»Und es ist nicht nur meine Arbeit, die mich so belastet. Manchmal ist es auch mein Mann ...«

Was den Mann anging, so gab es zwei gängige Methoden, um Sabine zu helfen – entweder sie lernte, sich so auszudrücken, dass ihr Mann künftig mehr Verständnis zeigte, oder sie akzeptierte, dass er das blieb, was er immer gewesen war: ein reichlich fauler Bursche, der nur Eifer an den Tag legte, wenn es um Sport ging oder darum, mit seinen Kumpels um die Häuser zu ziehen. Am Anfang hatte Sabine das sogar anziehend gefunden, aber inzwischen fand sie es längst nicht mehr so bestrickend, vor allem wenn sie sich klar machte, dass sie nicht nur den anstrengenderen und besser bezahlten Job hatte, sondern außerdem noch den Großteil des Haushalts schmeißen musste.

(Sie werden jetzt vielleicht denken, dass Hector nicht besonders ehrgeizig ist, aber wenn Sie spektakuläre Ergebnisse wollen, wenden Sie sich lieber an einen Chirurgen – der löst Probleme manchmal einfach, indem er sie *entfernt*.)

Mit einem Mal fühlte sich Hector sehr müde. Als er Sabines erwartungsvollem Blick beegnete, musste er sich sehr zurückhalten, um ihr nicht zu sagen: »Werfen Sie Ihre Arbeit hin!

Geben Sie Ihrem Kerl den Laufpass! Sie werden sehen, dann wird alles viel besser!«

Aber nein. Wenn das vielleicht auch die richtigen Entscheidungen für Sabine waren, musste er ihr doch helfen, selbst dorthin zu gelangen, indem er ihr erst die richtigen Fragen stellte. Doch wenn er an all die richtigen Fragen dachte, die er ihr würde stellen müssen, wurde er plötzlich schon im Vorhinein müde. Und das bei einer so sympathischen Patientin!

Hector vermerkte in Sabines Krankenakte: *berufliches Burn-out + Erschöpfung als Mutter + »Midlife-Crisis«*.

Wollen sogar die Nonnen ein neues Leben anfangen?

Nachdem Hector Sabine zur Tür gebracht hatte, legte er eine kleine Pause ein.

Er machte sich in der winzigen Küche seiner Praxis einen Kaffee und trat mit der Tasse ans Fenster des Sprechzimmers, von dem aus man einen schönen Blick auf den Turm der Kirche Saint-Honoré-d'Eylau hatte. Sie lag genau gegenüber, und das war praktisch, denn die Kirchenglocke markierte jede abgelaufene halbe Stunde mit einem leisen Bimmeln, sodass Hector immer wusste, wie lange er schon überzogen hatte, auch ohne auf seine Armbanduhr schauen zu müssen. Das sollten Sie nämlich vermeiden, wenn Ihnen gerade jemand erzählt, dass er nicht mehr so weiterleben kann oder dass seine Mutter ihn nie geliebt hat.

Es war eine Kirche aus dem 19. Jahrhundert, an der weiter nichts Bemerkenswertes war, als dass ein Kloster dazugehörte. Dort lebten Nonnen, deren Ordensregeln es verboten, das Kloster jemals zu verlassen.

Hector konnte sich ja noch vorstellen, eines Tages als Mönch in einer abgeschiedenen Abtei mitten im Grünen zu leben (dann riskierte er nicht mehr, dass ihm hübsche Frauen über den Weg liefen) – aber hier, eingeschlossen inmitten einer Metropole? Wenn einem die ganze Zeit das geräuschvolle Großstadttreiben in den Ohren klang? Er fragte sich, ob nicht auch manche der Nonnen bisweilen Lust bekamen, ein neues Leben anzufangen oder wenigstens mal den Klosterbezirk zu verlassen, um in der vorzüglichen Patisserie auf der anderen Seite der Place Victor Hugo ein Eis zu essen.

Er wusste, dass es in jeder Ordensgemeinschaft Bestimmungen für den Fall gab, dass jemand sich nicht mehr berufen fühlte – aber wie sollte man ins Leben zurückfinden, nachdem man Jahre hinter Klostermauern verbracht hatte? Vielleicht sollte er dem Orden für solche Lebenslagen seine Hilfe anbieten? Er brauchte ja nur über die Straße zu gehen. So würde er wenigstens mal aus seinen Praxisräumen kommen …

Das nämlich war ein anderes Problem von Hector: Mehr und mehr fühlte er sich eingesperrt in seinem Sprechzimmer.

Roger will kein neues Leben anfangen

»Vielleicht sehen wir uns heute zum letzten Mal, Doktor.«
Roger war ein Patient, den Hector schon lange kannte. Er wirkte ziemlich Furcht einflößend mit seinen Möbelpackerschultern, seinen buschigen Augenbrauen und seinen etwas schiefen Zähnen. In einem Kinderfilm hätte er gut den Menschenfresser spielen können, aber eigentlich war er nett, zumindest so lange, wie man ihn nicht in Sachen Gott ärgerte.

Seit seiner Jugend hörte Roger, wie Gott zu ihm sprach; eine Zeit lang hatte er sogar geglaubt, von Ihm ausgesandt worden zu sein, um die Welt zu retten. Und weil dazu noch die Neigung kam, schnell in Rage zu geraten, wenn die Leute über seine Worte lachten, war das eine gefährliche Mischung, die ihn schon oft in ein psychiatrisches Krankenhaus gebracht hatte – und manche der Spötter in ein normales Krankenhaus.

Etliche Psychiater hatten sich an Roger die Zähne ausgebissen, aber dann war es Hector gelungen, eine recht gute Beziehung zu ihm aufzubauen. Vielleicht lag es daran, dass Hector einst eine kirchliche Schule besucht hatte? Und auch wenn er heute nicht richtig wusste, ob er noch gläubig war, wusste er, wovon Roger redete, wenn er vom Allerhöchsten sprach oder von der kniffligen Frage, ob man der göttlichen Gnade nur durch gute Werke teilhaftig wurde oder auch ohne gute Werke. Früher haben sich die Leute wegen dieses Problems gegenseitig umgebracht, aber leider ist nie jemand wiederauferstanden, um den anderen zu berichten, wer letztendlich recht hatte.

Und dann fand Hector auch, dass Roger trotz seiner Wahnvorstellungen oft sehr interessante Überlegungen zum Leben anstellte, und manchmal notierte Hector sie sich sogar.

Und dank dieses guten Verhältnisses zwischen ihnen beiden hatte er Roger sogar überzeugen können, täglich seine Medikamente einzunehmen.

Und die Stimme des Ewigen war so zu einer kleinen Hintergrundmusik geworden, die Roger nicht daran hinderte, ein beinahe normales Leben zu führen.

Und Hector hatte Roger beigebracht, über diese Stimme nur mit seinem Psychiater oder dem Pfarrer zu sprechen und nicht mit allen möglichen Leuten, denn die glaubten meistens nicht mehr so richtig an Gott und noch weniger an die spezielle Beziehung, die Roger zu Ihm unterhielt.

Und es kam vor, dass der Pfarrer bei Hector anrief und ihm sagte, dass man die Dosierung von Rogers Medikamenten vielleicht erhöhen sollte.

Und Hector schämte sich dann ein wenig für diesen kleinen Verrat, aber es war ja nur zu Rogers Bestem – ein Quäntchen Böses, um ein viel größeres Gutes zu bewirken, wie es der heilige Augustinus so schön gesagt hat. Aber seien Sie vorsichtig mit diesem Argument, denn man hat sich seiner schon bedient, um ganze Städte in Schutt und Asche zu legen samt all ihrer Bewohner, die Babys inbegriffen.

»Aber weshalb sollten wir uns heute zum letzten Mal sehen?«, fragte Hector ziemlich überrascht.

Er fürchtete, dass Roger ihm gleich verkünden werde, er könne künftig ohne Medikamente oder Psychiater auskommen, und bereitete sich schon auf eine schwierige Sitzung vor.

Aber darum ging es ganz und gar nicht. »Man hat mich aus meiner Wohnung geschmissen«, sagte Roger.

Bisher hatte Roger es immer geschafft, die Miete für seine Einzimmerwohnung zu bezahlen, denn er hatte Sozialhilfe und eine Rente von der Stadt bekommen, aber nun war eine dieser Hilfszahlungen zusammengestrichen worden, und gleichzeitig hatte man Roger die Miete erhöht.

»Und kann Ihnen die Sozialarbeiterin nicht helfen, eine neue Wohnung zu finden?«

»Das versuchen wir schon seit Monaten«, meinte Roger, »aber es klappt nicht. Es ist offenbar kein Geld mehr da.«

Wie allgemein bekannt, lebte das Land seit vielen Jahren auf Pump. Dabei hatten die Leute immer weniger Stunden gearbeitet, und die Firmen hatten immer weniger Produkte ins Ausland verkauft. Es war schwer zu sagen, wessen Schuld das war, aber jedenfalls war derzeit weniger Geld in der Kasse, um Menschen wie Roger die Wohnung zu bezahlen.

»Sie schlagen mir vor, nach irgendwo weit draußen in die Vororte zu ziehen. Aber ich mag die Vorstädte nicht. Was ich liebe, das ist Paris. Und außerdem hätte ich dann einen weiten Weg bis zu Ihnen.«

Hector konnte Roger gut verstehen; auch er liebte Paris, und schon in einem der schöneren Vororte leben zu müssen, wäre ihm wie ein Exil vorgekommen. Was man aber Roger anbot, waren gewiss nicht die netten Vorstädte.

Roger brachte seine Tage damit zu, allein durch die Straßen von Paris zu streifen; er ging von einer Kirche zur nächsten und kannte sie fast alle.

»Natürlich gäbe es da eine Lösung«, sagte Roger.

Hector freute sich, dass Roger sich selbst eine Lösung überlegt hatte; es zeigte ihm, dass seine Arbeit als Psychiater nicht vergeblich gewesen war.

»Ich nehme einfach die Medikamente nicht mehr, und im Handumdrehen lande ich wieder in der Klapse«, sagte Roger und lachte.

Das Traurige daran war, dass Roger nicht unrecht hatte. Wenn er in seinen Wahnzuständen ein paar große Dummheiten anstellte, konnte es gut sein, dass er sich in einer Klinik wiederfand und monatelang dort bleiben musste – was die Gesellschaft zehnmal mehr kosten würde, als wenn er in seiner Einzimmerwohnung geblieben wäre.

»Aber darauf habe ich keine Lust, Doktor. Die Klinik, das ist nicht mein Ding. Vielleicht, wenn alles noch so wäre wie früher …«

Als Roger ganz jung gewesen war, hatte es sie noch gegeben, die altmodischen psychiatrischen Krankenhäuser, die man ›Anstalten‹ nannte – mit Innenhöfen, Bäumen, Tischler- oder Schlosserwerkstätten und sogar kleinen Bauernhöfen, damit die Kranken eine Beschäftigung hatten, denn diese Krankenhäuser waren zu einer Zeit erbaut worden, in der man wusste, dass man die Patienten lange dabehalten würde: über Jahre hinweg, vielleicht sogar lebenslang.

Heute aber hatte man neue Medikamente und sperrte die Kranken nicht mehr so lange weg, und die modernen Architekten hatten psychiatrische Abteilungen entworfen, die wie ein ganz gewöhnliches Krankenhaus aussahen und in denen man außerhalb seines Zimmers nur wenig Platz hatte. Wenn man nur kurz dablieb, war das ganz in Ordnung, aber es wurde schnell belastend, wenn man dort Monate verbringen musste, und genau das konnte Roger passieren, wenn er seine Tabletten nicht mehr nahm und damit zuließ, dass die Krankheit sich verschlimmerte. In gewisser Weise trauerte Roger den alten Heilanstalten nach. Hector, der in jungen Jahren dort noch gearbeitet hatte, erinnerte sich gut, dass manche Patienten gar nicht wieder fortwollten, auch wenn man ihnen erklärte, dass sie jetzt wieder gesünder seien und die Zeit gekommen sei, in ein Leben jenseits des Anstaltstores zurückzufinden.

»Auf jeden Fall habe ich nicht die Absicht umzuziehen«, sagte Roger in einer plötzlichen Zorneswallung. »Sie werden mich mit Gewalt vor die Tür setzen müssen.«

Hector fand das Aufblitzen von Zorn in Rogers Augen ziemlich beunruhigend.

»Und haben Sie Ihre Medikamente immer ordnungsgemäß genommen?«

»Ja, ja, machen Sie sich keine Sorgen.«

Aber Hector machte sich dennoch Sorgen. Die Medikamente waren so etwas wie eine Stoßstange zum Schutz gegen Stress, aber wenn der Stress anwuchs wie gerade eben bei Roger, konnte es passieren, dass sie nicht mehr ausreichten.

»Ich denke, dass wir die Dosis ein wenig erhöhen müssten. Sie machen gerade eine anstrengende Phase durch.«

»Aber nein, Doktor!«, sagte Roger, der das aus einem leicht anderen Blickwinkel sah als Hector. »Erst wollen die mich rauswerfen, und nun wollen Sie auch noch die Dosis erhöhen – das ist doch nicht gerecht!«

Hector dachte einen Moment daran, fest zu bleiben, aber er wusste, dass Roger sowieso machen würde, was er wollte, und außerdem war eigentlich längst der nächste Patient dran.

»Nun, dann belassen wir es heute dabei, aber ich würde Sie gern bald wiedersehen. Sagen wir, übermorgen?«

»Einverstanden, gerne.«

Und so zog Roger von dannen und ließ Hector einigermaßen beunruhigt zurück.

Es war Roger gelungen, sich ein relativ stabiles Leben aufzubauen (was bei seiner Krankheit an ein Wunder grenzte), und nun kamen andere daher und wollten ihn zwingen, ein neues Leben zu beginnen!

Tristan möchte ein neues Leben anfangen

»Doktor, ich habe dieses Leben satt!«

So sprach Tristan, ein ziemlich langweiliger, wenn auch eher gut aussehender und stets elegant angezogener Mann, der in der Verwaltung von Dachfonds arbeitete. Dachfonds waren Fonds von Fonds, und Hector hatte Tristan gefragt, ob es auch Fonds von Fonds von Fonds gebe – aber nein, so weit ging es nun doch nicht. Diese Dachfonds jedenfalls brachten nicht mehr so viel ein wie früher, Tristans Bonus war zusammengeschmolzen, und überhaupt war er seines Berufes allmählich überdrüssig geworden und konnte den Anblick von Kollegen wie Kunden immer weniger ertragen.

»Und wissen Sie, Doktor, manchmal habe ich sogar das Gefühl, dass es mir völlig schnurz ist, ob unsere Kunden damit Geld verdienen oder nicht. Das ist doch der Gipfel, oder?«

»Ja, natürlich«, meinte Hector und fragte sich, ob es Leute wie Tristan womöglich auch in der Bank gab, bei der er seine paar Ersparnisse angelegt hatte. Er wusste, dass es ein Anzeichen von beruflichem Burn-out war, wenn es einem relativ gleichgültig wurde, welche Früchte die eigene Arbeit trug.

»… und dann treffe ich manchmal frühere Kollegen, die es wirklich geschafft haben. Sie haben Posten mit einer Menge Verantwortung, sie werden bald richtig reich sein …«

In Hectors Augen war auch Tristan schon reich, aber gleichzeitig verstand er, dass sich sein Patient arm fühlte, wenn er sich mit ehemaligen Kameraden verglich, die beruflich den Jackpot geknackt hatten. Das war das Problem, wenn man in riesigen Unternehmen arbeitete, in einer Großbank beispielsweise: Man wurde in ein Wettrennen hineingezogen (das

Rattenrennen, wie es böse Zungen nannten), und so um die vierzig merkte man plötzlich, dass andere einen Vorsprung gewonnen hatten, den man unmöglich mehr aufholen konnte, selbst wenn man doppelt so schnell strampelte. Aber auch für jene, die ganz vorn im Rennen lagen – etwa Sabine in ihrem Sektor –, war das nicht unbedingt eine Glücksgarantie. Denn zunächst einmal hat, wie man so sagt, alles seinen Preis, und wenn man pausenlos strampeln muss, um an der Spitze zu bleiben, erzeugt das eine Menge Stress. Und dann wusste Hector auch, dass man sich sehr schnell an seinen Platz auf der Erfolgsleiter gewöhnt und dass manche Menschen es sich einfach nicht verkneifen können, auf jene zu schauen, die ein paar Sprossen höher geklettert sind. So verhielt es sich auch mit Tristan, den man von frühester Jugend an auf Wettbewerb getrimmt hatte, denn sein Vater war vom selben Kaliber gewesen und hatte jedes Tennismatch unter Freunden als Kampf auf Leben und Tod betrachtet.

Offensichtlich hatte Tristan in der Karriere, die er sich erträumt hatte, eine Leitersprosse nicht richtig erwischt. Vielleicht war er zu einem bestimmten Zeitpunkt nicht am richtigen Ort gewesen, auf jeden Fall fuhr er nicht mehr in der Spitzengruppe mit.

»Man hat mir gerade meinen Mitarbeiterstab zusammengestrichen«, verkündete Tristan jetzt, und er sagte es so, als hätte er eben erfahren, dass er an einer unheilbaren Krankheit litt.

In Europa fuhr die Bank einen Sparkurs, während sie ihre Präsenz in Asien ausbaute – dort, wo in letzter Zeit ganz außergewöhnlich reiche Leute aufgetaucht waren, die andere für fast nichts arbeiten lassen konnten und sehr niedrige Steuern zahlten. Diese Reichen mussten ihr Geld gewinnbringend anlegen, und so brauchte die Bank in Asien recht viele Leute wie Tristan. Aber er selbst hatte nicht den richtigen Lebenslauf, um dorthin geschickt zu werden; er hatte das Pech gehabt, immer nur in der westlichen Welt zu arbeiten – dort, wo der unersättliche Appetit der Reichen allmählich durch Steuern gezügelt worden war und wo die Armen ein bisschen besser bezahlt wurden als anderswo.

Diese geopolitische Analyse hatte Tristan aber schon selbst vorgenommen.

»Andere behalten ihren Mitarbeiterstab. Schon wieder trifft es ausgerechnet mich! Mein Chef kann mich einfach nicht ausstehen!«

Es war eindeutig – Tristan hatte eine Stufe auf der Karrieretreppe verfehlt. Auf den Wirtschaftsseiten eines Magazins hatte Hector eines Tages ein Foto von Tristans Chef gesehen. Mit dem hatte die Natur es wirklich nicht gerade gut gemeint, und Hector sagte sich, dass Tristans vorteilhaftes Äußeres hier wohl eher ein Nachteil war. Und dass er schon einen Fehler gemacht hatte, als er sich diesen Chef ausgesucht hatte.

»Ich habe die Nase voll von diesem Laden«, jammerte Tristan. »Das ist doch alles nicht mehr gerecht!«

Hector fiel auf, dass Tristan fast dieselben Worte wie Roger gewählt hatte. Und dann stand ihm Roger wieder ganz deutlich vor Augen, und plötzlich hatte er es satt, sich Tristans Gegreine eines verwöhnten Kindes anzuhören; er hatte genug von Tristan mit seinen Boni, seinen Reisen, seinen hübschen Freundinnen (die sich aber allzu schnell in ihn verliebten und die er schon nach ein paar Wochen nicht mehr interessant genug fand); er hatte genug von Tristan, der sich Rogers Leben ohne Arbeit, ohne Freundin und in der schäbigen Einzimmerwohnung, die man ihm nun auch noch nehmen wollte, gar nicht vorstellen konnte!

Vielleicht hätten Sie genauso reagiert, aber Hector war im Dienst. Seine genervte Reaktion dauerte nur wenige Sekunden, und Tristan hatte es nicht einmal gemerkt – ebenso wenig, wie er rechtzeitig gemerkt hatte, dass schon sein Anblick seinem Chef gegen den Strich ging. Schnell beruhigte sich Hector wieder und konzentrierte sich erneut darauf, wie er das Gespräch führen musste, um Tristan zu helfen.

Denn Hector wusste natürlich genau, dass Glück und Unglück zunächst einmal relative Begriffe waren, und Tristan konnte ebenso leiden wie Roger; auch reiche Leute nehmen sich das Leben, vor allem solche, die wie Tristan ohnehin schon Depressionen haben.

Außerdem war Tristan auch gar nicht verantwortlich für seine Sicht auf die Welt, das Leben oder das Glück; sie war vielmehr durch seine Gene und seine Erziehung geprägt worden, und davon hatte er sich weder das eine noch das andere aussuchen können. Wenn er Hector nervte, tat er das gewiss nicht mit Absicht.

Und schließlich war Tristan sein Patient, und Hector hatte ihm gegenüber und auch sich selbst gegenüber eine Verpflichtung übernommen: Er wollte ihm nach Kräften helfen. Jeder Arzt muss jeden Kranken, der sich bei ihm einfindet, gleich gut behandeln, egal, ob er ihn sympathisch findet oder nicht. (Manchmal freilich dachte Hector neidvoll an gewisse Fachärzte wie Zahnmediziner, Radiologen oder Anästhesisten, die ihre Zuhörzeit auf ein Minimum beschränken konnten.)

Doch vor allem wusste Hector eines: Wenn ein Patient uns nervt, dann kann das auch an unserer eigenen Geschichte liegen. Vielleicht beneidete er Tristan ein bisschen um seine Fernreisen und auch um die lange Reihe seiner Freundinnen, während er selbst in seiner Praxis festsaß und ein verheirateter Mann war, wenn auch ein glücklich verheirateter? Verspürte er in sich selbst denn keine Lust darauf, in alle möglichen Richtungen auf Abenteuer auszuschwärmen – und vielleicht gerade deshalb, weil er merkte, dass ihm nicht mehr endlos viel Zeit blieb?

Aber dann konzentrierte sich Hector von Neuem auf Tristan.

»Könnten Sie mir eine Liste von allem machen, was Sie von Ihrem Berufsleben erwarten?«

Hector wusste schon ungefähr, welchen Weg er mit Tristan beschreiten konnte – er würde ihm helfen, seine Lebensziele neu zu bewerten, indem er es zum Beispiel nicht mehr als unabdingbar für sein Glück hielt, der Reichste aus seinem Abiturjahrgang zu sein.

Aber bestimmt würde es schwierig werden, denn Hector war aufgefallen, dass sich hinter Tristans freundlichen und höflichen Umgangsformen eine, wie die Psychiater sagen, narzisstische Persönlichkeit verbarg. Narzisstische Leute neigen zu der Ansicht, dass sie den anderen überlegen und schlichtweg außergewöhnlich seien, und wenn sich ihr Lebensweg nach einem guten Start als doch nicht so außergewöhnlich erweist, ist das ein schwerer Schlag für sie (viel schlimmer als für jemanden, der es schon für ein Wunder hält, überhaupt so weit gekommen zu sein).

»Ja, das kann ich versuchen. Ich könnte schon mal aufschreiben, was ich bisher immer erwartet habe ... Rauschende Erfolge!«, präzisierte er mit einem Auflachen, das seine Fähigkeit zur Selbstironie verriet. Es war das erste Mal, dass Hector bei ihm so etwas erlebte!

Denn Tristan hatte einen guten Start ins Leben gehabt, eine Mutter, die ihn anhimmelte (vielleicht ein wenig zu sehr), gute Noten in der Schule und noch größere Erfolge im Sport und bei den Mädchen; er hatte gute Abschlüsse an guten Hochschulen gemacht und seine erste Stelle bei einer berühmten Bank bekommen, bei der damals alle arbeiten wollten. Eigentlich hatte Tristan seit seiner Zeit als Erstklässler auf dem Pausenhof allen Grund, sich den anderen überlegen zu fühlen.

Aber nun ähnelte sein Leben nicht mehr der von der Menge umjubelten Zielankunft eines Siegers, sondern eher einem mühevollen Serpentinenanstieg, den man inmitten des Hauptfelds bewältigen muss. Trotzdem war es, verglichen mit der Position der meisten anderen Leute, immer noch die Spitzengruppe, auch wenn Tristan das nicht so sah.

Tristan beunruhigte Hector, hatte er doch schon eine plötzliche und schwere Depression durchgemacht, als ihm zum ersten Mal in seinem Leben eine Frau den Laufpass gegeben hatte. Mit einem Mal hatte er geahnt, dass er womöglich doch nichts so Besonderes war.

Weil die Vergangenheit Prognosen für die Zukunft erlaubt, nahm sich Hector vor, gut auf Tristan aufzupassen. Dann aber fand er, dass er auf sich selbst ebenso aufpassen musste, denn an diesem Abend fühlte er sich übellaunig und müde, und die Wände seines Sprechzimmers kamen ihm plötzlich wie Gefängnismauern vor.

»Ich sollte mich wirklich mal ausruhen«, dachte er.

Hector will ein Buch schreiben

Hector setzte sich wieder an seinen Schreibtisch, holte ein Schulheft hervor und begann sich Notizen zu machen. Er sagte sich, dass er zur Abwechslung ein Buch darüber schreiben könnte, wie man ein neues Leben anfängt. Wenn dieses Buch Erfolg hätte (was natürlich nur ein schöner Traum war), brauchte er hinterher weniger Patienten zu empfangen und könnte zu seiner früheren Form zurückfinden – wieder ein schöner Traum, von dem er wusste, wie wenig realistisch er war: Wir finden niemals zu unserer früheren Form zurück, nie wieder, und eigentlich war ihm das auch klar.

Er schrieb das erste Wort hin: *Epidemie.*

Denn der Wunsch, ein neues Leben anzufangen, war zu einer Epidemie geworden, und trotzdem stand in den Zeitschriften nichts darüber zu lesen, nicht mal in denen für Psychiater.

In seinen ersten Jahren als Psychiater hatte Hector diesen Drang nach einem neuen Leben bei Leuten beobachtet, die ohnehin schon recht privilegiert waren, so ähnlich wie Tristan – verwöhnte Kinder, die sich mit ihren Spielsachen langweilten, obwohl andere nur davon träumen konnten, solche Dinge zu besitzen.

Es waren Männer und Frauen gewesen, die es, wie man so sagt, zu etwas gebracht hatten, aber jetzt wollten sie auch ihre abenteuerlustige Seite ausleben oder ihre künstlerische, die sie seit ihrer Jugend unterdrückt hatten. Damals hatten sie ihren Eltern zum Gefallen Jura oder Medizin studieren müssen – oder sogar Finanzbuchhaltung. Die einen wollten sich nun in eine hübsche ländliche Gegend zurückziehen, fernab vom Trubel der Welt, während die anderen davon träumten, eine neue Karriere mit mehr Glanz und Gloria zu starten.

Zu jener Zeit hatten sich Hectors übrige Patienten damit begnügt, ihren mühseligen Alltag zu meistern, und einfach nur gehofft, ihre Arbeit zu behalten, allerhöchstens mal befördert zu werden; sie hatten gehofft, mit ihrem Ehepartner zusammenzubleiben, auch wenn nicht alles glänzend lief, und sich gewünscht, das Nesthäkchen der Familie möge in der Schule endlich mal richtig loslegen. Es war das Leben, das Sabine und so viele andere seit Jahren führten.

Seit einiger Zeit jedoch hatte sich der Wunsch, ein neues Leben anzufangen, immer mehr ausgebreitet! Jedenfalls in Gestalt von Träumereien, denn in den meisten Fällen lebten die Leute einfach so weiter wie bisher.

Es war ein bisschen wie mit den Luxushandtaschen, die in Hectors Jugendjahren nur von den Reichen gekauft worden waren: Heute träumten die meisten Frauen auf der Welt davon, so eine Tasche zu besitzen.

Hector schrieb ein zweites Wort auf: *Traum*.

Vielleicht lag es ja an den Zeitschriften und am Fernsehen: Hatten sie den Menschen nicht nur Lust darauf gemacht, ein kleines Stück Luxus zu kaufen, sondern in ihnen gleichzeitig den Traum erzeugt, ein neues Leben anzufangen? Bei all diesen Fernsehsendern, die uns wunderbare Orte in allen Weltgegenden zeigten, Orte, an die wir sonst nie gedacht hätten …

Natürlich war es Hector aufgefallen, dass auf dem Bildschirm oder in den Zeitschriften immer nur Beispiele für einen geglückten Neustart gezeigt wurden: Der eine wirft seinen Job als Autoverkäufer hin und wird Tauchlehrer auf einer Tropeninsel. Die andere gibt ihre Arbeit als Buchhalterin auf und macht sich in der Provence mit einem Laden für Tischdecken und Servietten selbstständig. Wieder ein anderer verkauft sein kleines Unternehmen und wird buddhistischer Mönch in Nepal! Was man nie zu sehen bekam, waren all die

Leute, die ein nicht allzu glückliches Leben aufgaben und hinterher bald bis zum Hals in Unglück und Elend steckten. Von diesen Menschen hatte Hector schon so einige gesehen, wenn er fern von zu Hause im Schatten der Palmen umherreiste.

Er schrieb eine neue Zeile: *Im Schatten der Palmen.*

Aber ein neues Leben anzufangen, das passte gut zur alles bestimmenden Idee der heutigen Zeit: Wir sind frei, wir sind für unser Leben selbst verantwortlich, wo ein Wille ist, ist auch ein Weg, und jeder ist seines Glückes Schmied!

Hector glaubte, dass an dieser Vorstellung etwas Wahres war, allerdings auch nicht mehr als an der dominierenden Idee von früher: Tue deine Pflicht und folge der Tradition – so wirst du mit dir selbst zufrieden sein und die Wertschätzung von Familie und Nachbarn gewinnen. Ideen dieser Art folgten vermutlich die Ordensschwestern von gegenüber, natürlich noch mit dem Glauben als Zugabe.

Hector hielt beide Ideen für weder richtig noch falsch; keine von ihnen vermochte alle Menschen gleichermaßen glücklich oder unglücklich zu machen; es hing viel vom Charakter des Einzelnen ab und von der Epoche, in der er lebte.

Hector schrieb: *Ein jeder nach seiner Fasson.*

Da ließ sich die Glocke von Saint-Honoré-d'Eylau vernehmen, und Hectors Blick wurde zu der Kirche hingezogen. Er dachte an die Nonnen in ihrer Klausur.

Jene Midlife-Crisis tritt natürlich nur dann ein, wenn wir überzeugt sind, dass unser irdisches Leben das einzige ist – die einmalige Gelegenheit, glücklich zu werden.

Wenn wir hingegen wie die Ordensschwestern denken, dass dieses Leben hier nur den Übergang zum ewigen Leben darstellt, dass Sein Reich nicht von dieser Welt ist und es nicht darauf ankommt, glücklich zu sein, sondern zu lieben, dann werden wir es leichter hinnehmen, wenn es mit uns abwärtsgeht und wir schließlich verschwinden. Wenn wir wissen, dass das ewige Leben auf uns wartet oder, wie in anderen Religionen, eine ganze Kette von neuen Leben, müssen wir uns nicht beeilen, um vor Ladenschluss noch schnell die letzten Einkäufe zu tätigen.

Hector schrieb: *Keine Krise in der Mitte des ewigen Lebens.*

Dass diese Krise heute epidemisch auftrat, wurde vielleicht durch den Verlust des Glaubens begünstigt – ungefähr so, wie durch die Erderwärmung manche Arten plötzlich dort auftauchten, wo man sie nicht erwartet hätte.

Auf jeden Fall war die Idee, ein neues Leben anzufangen, eine Zivilisationskrankheit unserer Tage, denn in dem Alter, wo man heute seine Midlife-Crisis hat, waren früher die meisten Menschen schon gestorben, und für jene, die länger lebten, war es schlichtweg unmöglich, ein neues Leben zu beginnen, der wer hätte sonst am Abend die Kühe in den Stall gebracht?

Hector schrieb: *Wer hätte die Kühe in den Stall gebracht?*

Er machte ihm Vergnügen, seine Ideen dem Notizbuch anzuvertrauen, aber als er den Kopf hob, musste er feststellen, dass er sich in seinem Sprechzimmer noch immer ein wenig eingesperrt fühlte. Künftig sollte er zum Schreiben vielleicht lieber ins Café gegenüber gehen, wenn er eine Atempause hatte.

Das wäre zwar nicht gleich ein neues Leben, aber eine kleine Verbesserung von der Sorte, wie er sie seinen Patienten empfahl, wenn er nichts anderes für sie tun konnte.

Der Nächste bitte!

Léon, der große Küchenchef, will ein neues Leben anfangen

»Doktor, ich spüre, dass es mir jetzt viel besser geht. Es ist ein ganz neues Leben …«

Hector freute sich, denn nach vier Patienten, die ihm Sorgen machten, war es wohltuend, einen zu sehen, der sich besser fühlte.

Es war Léon, ein Chefkoch, der dafür bekannt war, dass er die französische Küche mit den Aromen des Orients verfeinerte. Seinem runden und fröhlichen Gesicht begegnete man in Reisemagazinen, aber Hector hatte ihn wegen einer schweren Depression behandelt. Doch inzwischen war Léon wieder viel besser in Form. Er hatte kürzlich beim Sternerestaurant eines Luxushotels gekündigt, um unter seinem eigenen Namen in einer netten kleinen Straße ein Lokal aufzumachen.

Solche Veränderungen im Leben waren es, zu denen Hector seine Patienten ermunterte! Auf Begabungen zu setzen, die man ohnehin schon hatte, und einen anderen Ort zu finden, an dem man sie besser entfalten konnte – genau wie es Léon in seinem neuen Restaurant machen würde.

Hector war ein vernünftiger Mann (jedenfalls solange er am Schreibtisch saß), und er versuchte seine Patienten durch gute Fragen auf einen Weg zu führen, der auch für sie vernünftig war, statt sie zu Bungeesprüngen zu ermuntern, ohne sich sicher zu sein, ob das Seil auch hielt.

Und so freute sich Hector, diesem großen Chefkoch geholfen zu haben, eine vernünftige Lösung zu finden – eine viel bessere als alle, die er zuvor ins Auge gefasst hatte. Denn auch wenn Léon es mittlerweile verdrängt zu haben schien, er hatte daran gedacht, sich im großen Speiseraum des Hotelrestaurants zur besten Mittagszeit das Leben zu nehmen oder sich ein Hackebeil zu greifen und den Chef in dessen Büro zu töten. Wir erwähnen das hier nur, um Ihnen zu zeigen, dass Léon wirklich eine schwierige Zeit durchgemacht hatte, in der der Schritt zur Tat nicht mehr weit gewesen war.

»Endlich bin ich mein eigener Herr!«, rief Léon aus. »Das Menü kann ich jetzt zusammenstellen, ohne auf diese dämliche Kuh aus der Marketingabteilung hören zu müssen. Und ich muss auch nicht mehr das Zeug vom Vortag verwursten, um diese verdammten Büfetts zu bestücken! Als wenn die Leute in der Lage wären, sich selbst ein vernünftig zusammengestelltes Gericht auf den Teller zu laden!«

Hector fand Büfetts gut, aber er widersprach nicht, denn wenn man die Leute therapiert, soll man ihnen nicht mit persönlichen Ansichten kommen.

Sie merken schon, dass Léon jene Art von Persönlichkeit hat, die will, dass alles bis ins kleinste Detail hinein so abläuft, wie sie es sich vorgestellt hat – eine tyrannische Persönlichkeit, die oft am Ursprung der größten Erfolge steht, egal, was man uns mit sanfter Stimme über die Vorzüge des partizipativen Managements erzählen mag. Allerdings kann sie genauso gut zu den größten Fehlschlägen führen.

Hector wusste, dass Léons Schwierigkeiten nicht plötzlich wie weggeblasen sein würden, bloß weil er sein eigenes Restaurant aufmachte. Er nahm sich vor, auch auf Léon ein wachsames Auge zu haben.

In diesem Moment läutete die Kirchenglocke – mein Gott, es war schon acht Uhr! Wenn sich Hector jetzt nicht beeilte, würde er zu einem Abendessen bei Freunden, zu dem er gemeinsam mit Clara eingeladen war, zu spät kommen.

Unterwegs sagte er sich, dass er viel lieber einfach nach Hause gefahren wäre und dort seine Zeitung gelesen und ein Glas Wein getrunken hätte. Dabei hätte er sich doch freuen sollen, zum Abendessen zu guten Freunden zu gehen!

Und als er mit schnellem Schritt die Avenue Raymond Poincaré hinablief, begegnete er zu allem Überfluss auch noch einer sehr hübschen Passantin, die gedankenverloren das Schaufenster eines Blumengeschäfts betrachtete. Beinahe hätte er sich noch einmal nach ihr umgedreht. »Was bin ich nur für ein Esel!«, dachte er.

Hector schreitet zur Tat

An jenem Abend waren Hector und Clara bei ihren Freunden Denise und Robert eingeladen. Wie Hector war auch Robert Arzt, aber auf einem anderen Gebiet: Er war ein Krebsspezialist, wobei man heutzutage meist »Onkologe« sagt, damit die Patienten nicht so erschrecken. Robert und Hector diskutierten oft über die Vorzüge und Nachteile ihres jeweiligen Fachgebietes. Pluspunkt für Robert: Er arbeitete in einem Team, und es gab unaufhörlich Fortschritte auf seinem Gebiet. Pluspunkt für Hector: Er sah seine Patienten fast nie sterben.

Denise war Psychologin, aber anders als Hector hatte sie keine Praxis, sondern arbeitete für große Unternehmen, die Hilfe beim Nachdenken über ihre »Humanressourcen« brauchten – ein schöner Ausdruck, der daran erinnern sollte, dass die Mitarbeiter beinahe genauso wichtig waren wie die Dividenden. Hector hatte, als er noch im Krankenhaus tätig gewesen war und seine Einkünfte aufbessern musste, manchmal mit ihr zusammengearbeitet.

Denise und Robert hatten das Glück, eine Wohnung genau gegenüber vom Palais de Chaillot zu haben. Ihre Fenster boten einen herrlichen Blick auf die Seine und den Eiffelturm, es war wie eine Filmkulisse für das, was man so treffend ein »Pariser Diner« nannte – ein Abend unter wohlerzogenen Leuten, an dem sich alle pausenlos gut gelaunt zeigen und niemand etwas Unerfreuliches sagte, selbst wenn er sich ein Gläschen zu viel hinter die Binde gekippt hat. Und man riskierte schnell, ein Gläschen zu viel zu trinken, denn Robert servierte stets so vorzügliche Weine, dass viele Gäste dem Ausdruck ihrer Begeisterung freien Lauf ließen.

Zum Aperitif hatte es übrigens Champagner gegeben, den ihnen eine alte und weißbeschürzte philippinische Dame, die bei den Essen von Denise und Robert meistens servierte, behutsam, damit sich kein Schaum bildete, in die Sektkelche gegossen hatte.

Der Tisch sah wunderbar aus: Neben jedem Gedeck stand ein kleiner Blumenstrauß, das Essgeschirr war von der Art, wie man es in den Schaufenstern der feinen Läden sieht, der Haut-Médoc zeigte in den Kristallgläsern eine schöne Färbung, und die Konversation kreiste friedlich um die letzten Urlaubsreisen der Anwesenden – Nepal, Sansibar, Sri Lanka, Mauritius – oder um die Renovierungsarbeiten am Zweitwohnsitz, meist einem reizenden alten Anwesen, in dem schon in früheren Jahrhunderten die Bessergestellten gewohnt hatten.

Hector war klar, dass die Unterhaltung dann ganz sacht zum Studium oder den ersten Jobs der Kinder übergehen würde, von denen fast alle inzwischen schon im Ausland lebten. Hector und Clara würden dabei mühelos mithalten können, denn ihr Sohn, Hector II., hatte seinen ersten Posten als Referent eines hohen Beamten im Auslandseinsatz in Afghanistan (Clara hatte wochenlang nicht schlafen können, als sie davon erfahren hatte), und ihre Tochter Anne studierte in England Jura (aber auf eine Weise, die Olivia gefallen hätte, denn sie wollte Anwältin für eine jener Nichtregierungsorganisationen werden, die Prozesse gegen umweltverschmutzende Konzerne anstrengen oder gegen ausbeuterische Subunternehmer).

Und dann würde die Konversation garantiert einen Schlenker machen und um die neuesten Filme und Bücher kreisen, und die aufgewecktesten Gäste hätten dazu sicher witzige oder sogar tiefgründige Dinge zu sagen. (Robert zum Beispiel war nicht nur Krebsspezialist – am Abend vor dem Einschlafen las er deutsche Philosophen. Und mindestens zwei der anwesenden Ehefrauen hatten in ihren jungen Jahren ziemlich intensiv Geisteswissenschaften studiert, ehe sie geheiratet und höchstens noch halbtags gearbeitet hatten.) Bei manchen Gästen spürte Hector noch Restbestände jenes Witzes und jener Phantasie, die ihnen als jungen, sorglosen Menschen einmal eigen gewesen sein mussten. Er fragte sich, ob der eine oder die andere davon träumen mochte, ein neues Leben anzufangen. Heute Abend würde davon aber bestimmt nicht die Rede sein, umso weniger, als das Diner mit einem wunderbaren Entenkleinsalat begonnen hatte, bei dem man gleich fand, dass das Leben so, wie es eben war, ganz gut war.

Denn natürlich hatten einige Gäste auch Probleme (selbst in der oberen Mittelschicht der reichen Länder steigt mit den Jahren die Wahrscheinlichkeit, dass man welche bekommt), aber heute strengten sich alle an, sie nicht zur Sprache zu bringen. Von der eleganten, aber abgemagerten Dame zu seiner Rechten beispielsweise wusste Hector, dass sie schon zum zweiten Mal wegen einer Leukämie behandelt worden war, die man schon überwunden geglaubt hatte. Und durch Clara, die ein Talent dafür hatte, vertrauliche Mitteilungen einzusammeln, kannte Hector noch andere Sorgen, die heute Abend gut versteckt wurden: Manche Ehen waren nicht so gut, wie man sich den Anschein gab; andere Gäste hatten berufliche Probleme und fuhren nicht mehr in der Spitzengruppe mit oder riskierten sogar, im Straßengraben zu landen. Wieder andere hatten schwierige Kinder, die sich im Leben einfach nicht zurechtfanden oder sogar große Dummheiten anstellten, während ihren Geschwistern fast alles gelang. So auch eine der Töchter von Denise und Robert, die schon mehrere Kollegen von Hector zur Erschöpfung gebracht hatte und noch immer nicht aus dem Schneider war.

Heute Abend aber taten alle so, als wären sie glücklich und unterhaltsam. Solche Abendeinladungen fand Hector normalerweise vergnüglich, aber diesmal, er wusste selbst nicht, warum, diesmal langweilte er sich. War die lange Prozession seiner Patienten an diesem Tag daran schuld? Sabine, die ihre eigene Sterblichkeit gespürt hatte? Tristan, dem klar geworden war, dass seine Karriere in einer Sackgasse steckte? Roger, den man aus Paris vertreiben wollte? Er vermochte es nicht zu sagen, aber auf jeden Fall spürte er an diesem Abend viel deutlicher, dass sein eigenes Leben schon ziemlich weit vorangeschritten war, und auch, dass er sich neuerdings immer häufiger langweilte. Und während er mit seiner abgemagerten Sitznachbarin liebenswürdige Phrasen austauschte, hatte er die ganze Zeit das Gefühl, dass – nein, nicht dass seine Karriere in der Sackgasse steckte, denn von einer Karriere konnte man bei ihm nicht wirklich sprechen, aber dass er den Rest seines Lebens hinter seinem Praxisschreibtisch oder auf Pariser Diners verbringen würde. Doch wer hatte ihn eigentlich gezwungen, sich in ein solches Leben hineinzubegeben? Um sich aufzumuntern, versuchte er über den Tisch hinweg Blicke mit Clara zu tauschen, aber der war offensichtlich kein Schatten über die Seele gehuscht, denn sie unterhielt sich angeregt. Da sagte er sich, dass seine Gedanken Clara beunruhigen, vielleicht sogar unglücklich machen würden. Aber – wäre Clara ohne ihn womöglich sogar glücklicher? Und er ohne sie?

Über diesen verstörenden Gedanken leerte er sein Weinglas, und sofort schwebte die alte philippinische Dame wie ein lautloser Engel herbei und füllte es ihm von Neuem.

Der Gast, mit dem er sich an diesem Abend wirklich gern unterhalten hätte, war ein eleganter älterer Herr in einem leicht altmodischen Anzug und mit Fliege, ein Psychiaterkollege namens François, aber der saß genau am anderen Ende des Tisches. Von Zeit zu Zeit bedachte der alte François Hector mit einem freundschaftlichen Blick, als wollte er ihm sagen: »Ich verstehe Sie ja, aber Sie müssen versuchen, sich mit den reizenden Leuten hier ein wenig zu amüsieren.« Dann wandte er sich Clara zu und brachte sie zum Lachen, denn der alte François hatte schon immer ein Talent dafür gehabt, Frauen zu unterhalten, auch wenn er mittlerweile Witwer war und allein lebte.

Die einzige Person bei diesem Diner, die Hector noch nie besonders angenehm gefunden hatte, war Géraldine, die 42-jährige PR-Chefin eines Unternehmens. Sie war mit dem Antiquitätenhändler Jean-Claude verheiratet, einem eher sympathischen dicken Kerl, der am anderen Ende des Tisches vor sich hindöste. Heute hatte Hector das Pech, dass Géraldine genau zu seiner Linken saß. Er hatte sie schon immer anstrengend gefunden, weil sie alles und jedes besser wusste. (Das hatte ihr wahrscheinlich dabei geholfen, Chefin zu werden – und ihren Mann nach und nach zum Verstummen zu bringen.) Schlimmer noch: Sie neigte dazu, Hector dauernd Fragen über die Medikamente oder Therapien ihrer Freundinnen, die in psychiatrischer Behandlung waren, zu stellen.

Hector drehte sich nach links, um etwas von dem Gericht zu nehmen, das die philippinische Dame ihm gerade lautlos servieren wollte – Kaninchen in Senfsoße. Und schon legte Géraldine los: »Eine meiner Freundinnen hat kürzlich eine Therapie begonnen …«

Nach einem Tag, an dem er einem Patienten nach dem anderen zugehört hatte, sprach Hector sowieso nicht besonders gern über seinen Beruf, und heute, wo er sich ausgesprochen erschöpft fühlte, war ihm noch weniger danach zumute.

»Was ist das denn für eine Therapie?«, fragte er mit der schier übermenschlichen Anstrengung, höflich und liebenswürdig zu sein.

»Ach, das ist wahnsinnig interessant«, meinte Géraldine. »Sie beruht auf den Erinnerungen an unsere früheren Leben.«

Es überraschte Hector immer wieder, wie intelligente und gebildete Leute, die sich sonst eigentlich sehr umsichtig informierten, wenn sie sich mit etwas nicht auskannten, bereit waren, auf dem Gebiet der Psychiatrie so ziemlich jeden Quark zu schlucken und auch noch zu verteidigen.

»Die sollte Ihre Freundin vielleicht lieber abbrechen«, meinte Hector.

»Wie bitte?!«, fragte Géraldine entgeistert.

»Die Mode mit den Therapien, bei denen man die Leute dazu brachte, an angebliche Erinnerungen zu glauben, war ja schon schlimm genug – aber das hier, Erinnerungen an frühere Leben, das kommt mir noch viel idiotischer vor!«

Hector hatte ein bisschen zu laut gesprochen und merkte nun, dass alle ihn mit großen Augen anschauten. Er hatte gerade gegen eine Regel verstoßen, die für Gespräche wohlerzogener Leute auf der ganzen Welt gilt – in den Hauptstädten des Westens genauso wie in den entlegensten Dörfern von Papua-Neuguinea: Man sagt dem anderen nicht, dass er dummes Zeug redet, auch wenn man es insgeheim denkt.

Das Erstaunen war entsprechend groß, weil Hector normalerweise: »Ach wirklich?« gesagt und sich dann ein wenig Zeit genommen hätte, um mit freundlichen Worten zu erklären, dass ihm diese Therapie nicht besonders seriös vorkam.

Aber plötzlich wurde ihm klar, dass es ihm schon immer auf die Nerven gegangen war, wie Géraldine sich unberechtigterweise so wahnsinnig attraktiv fand und wie sie den armen Jean-Claude domestiziert hatte – zu allem Überfluss betrog sie ihn auch noch, wie Hector von Clara wusste.

Clara sah natürlich höchst verärgert zu Hector hinüber, und auch der alte François warf ihm einen Blick zu, mit dem er anscheinend sagen wollte: »Ich weiß, dass sie eine Nervensäge ist, aber beruhigen Sie sich, es ist die Sache nicht wert.«

O je, sagte sich Hector und leerte erneut nervös sein Weinglas, was natürlich keine so gute Idee war.

Hector schreitet erneut zur Tat

Um ein guter Gast zu bleiben und Denise und Robert keine Schande zu machen, bemühte sich Hector, den Patzer mit Géraldine wieder ein bisschen auszubügeln, indem er ihr erklärte, er habe schon mit etlichen Patienten gesehen, wie sie viel Zeit und Geld bei unseriösen Therapien verloren, und deshalb habe er ein wenig heftig reagiert. (Er hatte, ohne es zu merken, auch schon zu viel getrunken – nur Clara hatte ganz genau mitgezählt, wie viele Gläser es waren.)

»Aber, beste Géraldine, vielleicht hat Ihre Freundin ja gar keine ernsthaften Probleme? Dann wird so eine Therapie ihr auch nicht weiter schaden.«

»Keine ernsthaften Probleme?! Natürlich hat sie ernsthafte Probleme! … Und überhaupt, gibt es jemanden, der keine hat?«, fügte sie mit einem Zustimmung heischenden Blick in die Runde hinzu.

Robert versuchte das Gespräch wieder in heitere Bahnen zu lenken. »Also ich habe keine, mit mir ist alles in bester Ordnung«, sagte er. »Denise sieht das natürlich anders …«

»Das stimmt«, warf Denise ein. »Robert stellt sich nie infrage.«

Hector dachte, dass Robert bestimmt nicht die Wahrheit sagte, aber wenn man den schwierigen Beruf eines Krebsspezialisten ausübte, war es durchaus von Vorteil, nicht zu viele Seelenbefindlichkeiten zu haben oder sich zumindest mit den deutschen Philosophen gegen sie abzuhärten.

»Mich infrage zu stellen, das ist mir nicht gegeben«, meinte Robert. »So bin ich eben auf die Welt gekommen. Was meinst du dazu, Hector?«

»Du hast wahrscheinlich einfach gute Gene erwischt«, entgegnete Hector im Bemühen, den scherzhaften Ton aufzugreifen.

»Aber mit Genetik lässt sich trotzdem nicht alles erklären!«, hakte Géraldine entrüstet nach.

Hector schaute sie an und sagte sich, dass er mit ihr keine Debatte über das Angeborene und das Erworbene beginnen würde, denn das ginge bestimmt nicht gut aus. Also reichte er sein Glas der philippinischen Haushälterin, die es ihm fast bis zum Rand mit Château Lynch-Bage füllte.

Derweil versuchte auch Clara es mit einem Ablenkungsmanöver: »Wisst ihr, was Hector oft sagt? Ob nun angeboren oder erworben – die Eltern sind immer an allem schuld!«

Alle mussten lächeln, von Géraldine einmal abgesehen.

Und tatsächlich plätscherte die Konversation nun wieder angenehm dahin und widmete sich, während man die Käseplatte herumreichte, den Kindern – jedenfalls denen, die keine Sorgen bereiteten …

Dann aber ging Géraldine unglücklicherweise erneut zum Angriff über und sagte Hector, ihrer Meinung nach habe jedermann Probleme, aber die meisten Leute hätten nicht den Mut, ihnen ins Auge zu sehen.

»Das stimmt sicher«, meinte Hector, »aber in manchen Fällen ist es auch besser, wenn man ihnen nicht ins Auge sieht.« Dabei fing er den Blick des alten François auf, der ihm zu sagen schien: »Ach, wechseln Sie doch lieber das Thema!«

Hector hätte das auch gern getan, aber Géraldine ließ nicht locker.

»Man soll es vermeiden, seine Probleme anzupacken?«, fragte sie empört. »Wie können Sie als Therapeut so etwas sagen?«

Hector starrte ihr in die Augen, und Clara sah mit einiger Beunruhigung, dass er bleich geworden war. »Ich sage das, weil es *mein* Beruf ist, liebe Géraldine, und nicht Ihrer …«

Am Tisch breitete sich erneut Schweigen aus. Der alte François schaute zur Zimmerdecke hoch, und Clara blickte Hector erzürnt an.

»… und ich bin nur allzu gern bereit, liebe Géraldine«, fuhr Hector mit einem Lächeln fort, »mir alles anzuhören, was Sie mir Interessantes über Kommunikationsfragen in einem Unternehmen zu sagen haben.«

Am anderen Ende der Tafel ließ sich Jean-Claude, der Ehemann von Géraldine, kein Wort von dieser Unterhaltung entgehen, und Hector hatte den Eindruck, dass so etwas wie ein Lächeln über sein gewöhnlich trauriges Gesicht huschte.

»Aber wie kann man seine Probleme lösen, wenn man ihnen nicht ins Auge sieht?«, ließ Géraldine nicht locker.

Hector fühlte, wie etwas in ihm aushakte. »Schauen Sie sich doch unsere Freunde an, teure Géraldine! Was machen wir denn heute Abend? Wir sehen unseren Problemen nicht ins Auge! Solange wir hier am Tisch sitzen, wollen wir sie vergessen!«

»Aber das ist doch nur für ein paar Stunden …«

»Nein, nicht nur für ein paar Stunden, es gibt Probleme, an die man besser niemals denkt, und wissen Sie, weshalb?«

Alle blickten Hector beunruhigt an. Géraldine wollte etwas entgegnen, aber Hector schnitt ihr das Wort ab.

»Weil es uns zu sehr leiden ließe, wenn wir diesen Problemen ins Auge schauten. Und, meine Liebe, manchmal würde allein der Versuch, sie zu lösen, alles vielleicht noch schlimmer machen! Also tun wir so, als ob – als ob wir in der Ehe glücklich wären, weil der Gedanke an eine Trennung uns zu sehr erschreckt; als ob wir gesund und munter wären, weil wir nicht daran denken wollen, dass wir mit jeder Sekunde altern und vielleicht schon eine schwere Krankheit in uns tragen; als ob wir uns freuen würden, dass unsere Kinder aus dem Haus sind, denn wie dürften wir es wagen, sie davon abzuhalten? Und natürlich tun wir so, als würden wir unseren Beruf lieben, denn er ernährt uns ja, uns und unsere Familien, und es ist sowieso zu spät, sich einen neuen zu suchen! Also ist es besser, das Gegebene zu akzeptieren, hier und da vielleicht eine Kleinigkeit zu ändern, aber vor allem nicht den Problemen ins Auge zu sehen! Nicht wahr, liebe Géraldine?«

Und dann erhob er sein Glas und sagte: »Auf euch alle, meine lieben Freunde, weil ihr heute Abend mutig, ja geradezu heroisch so tut, als ob! Ich liebe und bewundere euch!« Und schwupps, hatte er sein Glas schon wieder geleert (das siebte, wie Clara gezählt hatte).

Als gelte es, einen Irren zu besänftigen, indem man ihm nicht widerspricht, erhoben daraufhin alle Anwesenden ihre Gläser – wobei sie sie beim Stiel hielten, denn es war schließlich ein vornehmes Diner – und tranken ein paar Schlucke, was augenblicklich dazu führte, dass die philippinische Dame mit der nächsten in eine Stoffserviette gehüllten Flasche erschien.

Wie ein Auto, das der Fahrer nach einem Schleudermanöver wieder in den Griff bekommen hat, nahm das Abendessen daraufhin wieder seinen reizenden, höflichen und sogar unbeschwerten Verlauf, außer dass Géraldine ein Gesicht zog, Clara die Stirn runzelte, sobald die philippinische Dame in Hectors Nähe auftauchte, und der alte François mit betrübter Miene zu ihm hinüberschaute, bis das Dessert aufgetragen wurde – ein Birnen-Aprikosen-Crumble, das alle in gute Laune versetzte, nur Géraldine nicht.

Hector auf dem Balkon

Später dann fanden sich alle im Wohnzimmer wieder, wo man noch mehr Alkohol für die Trinker servierte und frisch gepressten Fruchtsaft oder Kräutertee für alle, die noch mitbekamen, dass sie zu tief ins Glas geschaut hatten.

Hector sah, dass der alte François auf den großen Balkon hinausgetreten war, und so beschloss er, ihm dorthin zu folgen, denn er war ein wenig verlegen wegen des Eklats von vorhin und wollte sich lieber ein wenig unsichtbar machen, während Clara Schadensbegrenzung betrieb, indem sie ein liebenswürdiges Gespräch mit Géraldine begann.

»Was für eine Aussicht!«, sagte der alte François und zog an seiner Zigarette. »Und was für ein Bauwerk!«

Hector dachte, dass der alte François vom Eiffelturm sprach, der in der Nacht leuchtete, aber nein, er meinte das Palais de Chaillot mit seiner Esplanade, von der aus die Touristen aus der ganzen Welt den Blick auf den Eiffelturm genießen.

»Der neoklassische Stil gefällt mir sehr«, meinte der alte François. »Man sagt zwar oft, es sei der Stil Mussolinis oder sogar Stalins, aber dabei vergisst man, dass dieses Palais für die Weltausstellung errichtet wurde, im tiefsten Frieden. Die Statuen haben übrigens auch nichts Kriegerisches, es sind Schäferinnen, Nymphen, Musen. Wenn die Leute allerdings gewusst hätten, was sie zwei Jahre später erwarten sollte …«

Hector fiel das berühmte Foto jenes schnauzbärtigen kleinen Mannes ein – wie er auf dieser Esplanade stand und seinen Sieg über die, wie er meinte, schönste Hauptstadt der Welt feierte. Ihm als Kenner dürfte die neoklassische Architektur auch gefallen haben.

»Für mich ist dieses Palais ein bisschen das Abbild des Lebens«, sagte der alte François. »Man weiß nie, was einen erwartet: Das Licht der Welt erblickt man als friedliches Monument, das Wissenschaft und Technik feiern soll; dann wird man zur Wandelhalle für einen der großen Mörder der Weltgeschichte; dann zum Tagungsort der ersten UNO-Generalversammlung. Hier wurde die Allgemeine Erklärung der Menschenrechte verabschiedet. Und heute haben die Leute das alles vergessen und kommen nur noch wegen der Museen und des Theaters hierher – und weil man so einen großartigen Blick auf den Eiffelturm hat!«

Hector hörte dem alten François gern zu, mit dem wunderbaren Panorama von Paris vor sich und dem friedlichen Stimmengemurmel aus dem Wohnzimmer im Hintergrund. Die Zigarette seines Gegenübers glühte von Neuem rot in der Nacht auf, und dann fuhr er fort: »Wahrscheinlich liegt es am Alter, aber ich habe das Gefühl, dass ich das Leben der Bauten und Plätze allmählich interessanter finde als das Leben der Menschen. Und Sie, mein Freund?«

Hector wurde von dieser Frage überrascht. »Ähm«, sagte er, »vielleicht noch nicht. Ich höre noch immer gern meinen Patienten zu … den meisten jedenfalls.«

»Aber Géraldine hören Sie nicht gern zu.«

»Ach«, sagte Hector leicht verlegen.

In der kühlen Nachtluft hatte er wieder einen klareren Kopf bekommen, und er war immer weniger stolz auf seinen Ausrutscher von vorhin.

»Meinen Sie nicht, dass Sie mich mal wieder besuchen sollten?«, fragte der alte François.

In seinen ersten Jahren als Psychiater und manchmal auch später, wenn er einen ganz besonders schwierigen Patienten hatte, war Hector zum alten François gegangen, und der hatte ihm immer vorzügliche Ratschläge erteilt.

Aber Hector war klar, dass es bei ihrer nächsten Zusammenkunft um ihn selbst gehen würde.

Hector hat ein schlechtes Gewissen

Auf dem Nachhauseweg war Hector schon darauf gefasst, sich Vorwürfe anhören zu müssen, und tatsächlich war Clara mehr als ärgerlich.

Sie hatten einen der letzten Busse der Linie 63 erwischt. Sie gehörte zu Hectors Lieblingslinien, und eigentlich hätten sie das Schauspiel der Lichterstadt genießen können, die links und rechts an ihnen vorüberzog, aber nach Staunen und Entzücken klang Clara nicht.

»Was ist denn vorhin bloß in dich gefahren?«, fragte sie, als der Bus die Place d'Iéna erreichte, wo Washingtons Standbild von seiner Säule hinab den nächtlichen Verkehr zu regeln schien.

»Ich weiß auch nicht ...«

»Wie konntest du unseren Freunden das antun?«

Hector ärgerte sich über sich selbst, weil er vor seinen Freunden diese unangenehmen Wahrheiten ausgesprochen hatte, doch gleichzeitig versuchte er Entschuldigungen für sein Verhalten zu finden: Auch er hatte mal das Recht auf eine Verrücktheit, wo er doch sonst seine Tage, ja eigentlich sein ganzes Leben damit zubrachte, sich im Griff zu haben.

»Ich glaube, ich bin ... einfach müde.«

»Müde?«

»Ja, und außerdem ist mir Géraldine schon immer auf die Nerven gegangen.«

»Und galt das, was du gesagt hast, auch für uns beide?«

»Was habe ich denn gesagt?«

»*Wir tun so, als ob wir uns liebten ...*«

Hector wandte sich Clara zu und legte ihr den Arm um die

Schultern. Der Bus war fast leer, abgesehen von einer anderen älteren philippinischen Dame, die wahrscheinlich bei einem ähnlichen Diner in der Nachbarschaft serviert hatte und nun nach Hause fuhr, und von zwei adretten, aber halb betrunkenen Jugendlichen, die auf den hintersten Sitzen herumalberten.

»Nein, meine Liebste, uns habe ich damit nicht gemeint.«

Clara schmiegte sich an ihn, und Hector spürte ihre Tränen an seiner Wange.

Der Bus hatte gerade den Pont de l'Alma überquert, und nun fuhren sie am Seineufer entlang, und wie eine Perlenkette zogen die angestrahlten Sehenswürdigkeiten an ihnen vorüber – das Grand Palais, der Pont Alexandre III, der Invalidendom … Am gegenüberliegenden Ufer sah man die Place de la Concorde, und Hector fragte sich, weshalb ihm die Schönheit von Paris nicht häufiger dabei half, sein Leben einfach zu genießen.

Später saßen sie in der Küche, wo Clara einen Rooibostee aufbrühte, damit sie nach all dem Wein und Champagner gut schlafen konnten und damit sie ein paar Antioxidantien aufnahmen, die gegen die Folgen des Alkohols fürs Erbmaterial ankämpfen würden. Clara arbeitete für einen Konzern, der moderne Medikamente herstellte, aber zu Hause sammelte sie exotische Kräutertees und zählte Hector die wohltuenden Wirkungen auf, die man sich von ihnen erhoffte, auch wenn keine Studie dies bisher bewiesen hatte.

Hector schaute ihr beim Hantieren mit der Teekanne zu; ihm wurde klar, wie sehr er sie liebte, und er bereute es, sie mit seiner kleinen Predigt über der Käseplatte beunruhigt zu haben. Außerdem hatte er ein schlechtes Gewissen, wenn er daran dachte, was ihm vorhin über ihre Ehe in den Sinn gekommen war, und nahm sich vor, nie wieder daran zu denken.

Clara wirkte noch immer beunruhigt. Sie stellte die Tassen hin und setzte sich ihm gegenüber. »Du bist so anders«, sagte sie.

So anders? Hector wusste, dass er immer noch Hector war, und so entgegnete er Clara, er habe nicht die geringste Ahnung, was sie damit sagen wolle.

»Merkst du es denn nicht selbst?«

Nein, Hector merkte es tatsächlich nicht.

Und vor allem fühlte er sich schrecklich schläfrig, auch ohne den Rooibostee schon, und hatte große Lust, das Gespräch zu beenden, indem er einfach sagte: »Gut möglich – lass uns morgen darüber reden«, aber das Leben hatte ihn gelehrt, dass man manche Gespräche weiterführen muss, wenn sie erst einmal angefangen haben, besonders mit der Frau, die man liebt.

Und so fragte er Clara: »Was genau merke ich nicht?«

Gleich danach bereute er es, diese Frage gestellt zu haben, denn sie ließ sich nicht einfach mit Ja oder Nein beantworten, aber später bereute er es nicht mehr, denn Clara hatte ihm wirklich wichtige Dinge zu sagen.

Dinge, die er eigentlich selbst wusste, aber nicht wahrhaben wollte.

Was Clara zu sagen hatte

»Zunächst mal hörst du mir nicht mehr so zu wie früher«, begann Clara.

Hector bemühte sich, die Augen offen zu halten, damit Clara nicht schon wieder annehmen musste, er würde ihr nicht zuhören.

Wenn Hector früher nach Hause gekommen war, hatte ihm Clara ein wenig Zeit zum Ausruhen gegeben; sie wusste, dass er nicht gleich losreden und zuhören konnte, nachdem ihm die Leute den ganzen Tag von ihrem Unglück berichtet hatten. Es war ein bisschen wie mit einem überhitzten Motor, den man erst abkühlen lassen musste.

Meist trank Hector dann im Wohnzimmer ein Bier und las die Zeitung, und hinterher hatte er neuen Schwung und gesellte sich zu Clara. Dann schilderte sie ihm, was sie tagsüber erlebt hatte – oft recht amüsante Dinge, denn das Leben in einem Konzern hatte seine bizarren Seiten, und außerdem schien Clara eine Spezialbrille zu tragen, die sie diese bizarren Seiten besonders scharf sehen ließ. Manchmal hatte sie auch echte Probleme, von denen sie Hector erzählte. Hector hatte gelernt, dann nicht gleich zu sagen: »Aber weshalb machst du nicht das und das?«, hatte er doch begriffen, dass Clara meist schon selbst eine Lösung gefunden hatte. Aber im Gespräch mit Hector konnte auch sie ihren Motor abkühlen lassen – so wie er, wenn er schweigend dasaß und sein Bier trank.

»Doch, mein Schatz, ich höre dir immer noch zu!«

Über Claras Gesicht huschte ein trauriges Lächeln: »Nein, auch wenn du es ziemlich gut vortäuschst und zwischendurch immer mal ›Hm‹ machst wie bei deinen Patienten. Bei denen mag das ja funktionieren, aber ich weiß trotzdem, dass du nicht richtig bei der Sache bist.«

Hector wollte sich verteidigen, aber im Grunde wusste er, dass Clara recht hatte.

»Und dann erzählst du mir auch nichts mehr!«

»Ist das so?« Aber auch hier wurde Hector bewusst, dass es stimmte. »Es tut mir leid …«

Wenn Hector früher dank seines Biers und seiner Zeitung wieder zu sich gekommen war, hatte er auch die Gabe des Redens zurückgewonnen; er hatte Clara dann seinerseits Anekdoten über seine Patienten erzählt, Geschichten, die manchmal drollig, oft aber sehr berührend waren, und manchmal hatte Clara dann gesagt, sie finde Hectors Patienten weniger verrückt und auf jeden Fall sympathischer als manche ihrer eigenen Chefs oder Kollegen.

Jetzt aber lächelte Clara schon wieder traurig. »Am Anfang habe ich gedacht, dass ich … dass ich dich nicht mehr interessiere. Und dass das vielleicht normal ist … dass wir den anderen Ehepaaren ähneln und uns bald nur noch ertragen …«

Hector sah die Tränen in ihren Augen. Er stand auf, um Clara in die Arme zu schließen, und auch sie stand auf, und dann lagen sie einander in den Armen. Clara hörte auf zu weinen und sprach weiter: »Aber dann habe ich mir gesagt, dass es etwas anderes ist. Du wirkst fast ständig angespannt und reizbar. Wegen jeder Kleinigkeit regst du dich auf – wie heute Abend. So etwas passiert in letzter Zeit oft.«

Bei all seiner großen Liebe für Clara, Hector hatte nun wirklich keine Lust, sich jetzt anzuhören, wann und wo er sich wegen nichts aufgeregt hatte. Er hatte nie darüber nachgedacht, doch es beschlich ihn eine vage, eine sehr vage Ahnung, dass es in den letzten Monaten häufig passiert sein musste. Also sagte er Clara, sie habe recht; in letzter Zeit fühle er sich wirklich nicht gut; er sei erschöpft; vor allem anderen aber habe er Clara lieb, und ohne sie wäre es ganz bestimmt schlimmer; sie sei sein Licht in …

Hector brach den Satz gerade noch ab, bevor er »in diesem Tal der Finsternis« gesagt hätte, aber diese Wendung war ihm wie von allein in den Sinn gekommen – ein weiteres Anzeichen dafür, dass er gerade keine besonders positive Sicht auf sein Leben hatte, auch wenn er es gewöhnlich vermied, darüber nachzudenken.

Er flüsterte Clara noch andere zärtliche und ehrliche Worte ins Ohr, und schließlich gingen sie still und friedlich ins Bett und schliefen auf der Stelle ein, was am Rooibos gelegen haben mag.

Hector beugt sich über seinen eigenen Fall

Plötzlich wachte Hector auf.

Vielleicht hatte er zu wenig Rooibostee getrunken oder zu viel Champagner. Oder hatten ihn Claras Feststellungen gewissermaßen wachgerüttelt?

Er dachte darüber nach, was sie ihm vorhin gesagt hatte.

Und mit einem Mal standen sie ihm wieder vor Augen – all seine kleinen Ausfälle in den letzten Monaten. Am Lenkrad, wenn er sich über unhöfliche Fahrer aufgeregt hatte, im Restaurant, wo ihm der hochnäsige Ober ein Ärgernis gewesen war, einmal auch auf dem Flughafen, wo er sich über flegelhafte Sicherheitskräfte ereifert hatte (Clara hatte schon Angst bekommen, man würde ihnen den Zugang zum Flugzeug verwehren). Bei etlichen anderen Gelegenheiten war er nicht wirklich in Wut geraten, hatte sich aber sehr genervt gefühlt.

Allmählich wurde Hector klar, dass es seit Monaten, wenn nicht gar seit Jahren tief in ihm vor sich hinköchelte. Er hatte es vor den anderen verbergen können – und noch besser vor sich selbst!

Aber Clara war es natürlich nicht entgangen.

Er begann ein wenig so über sich selbst nachzudenken, als wäre er sein eigener Patient. Das halten Sie vielleicht für unmöglich, aber auch Freud höchstpersönlich hat behauptet, sich selbst analysiert zu haben (wodurch er in den Augen seiner schwer beeindruckten Schüler zu einer Art Superheld geworden war).

Wenn Hector also seinen Zustand verschleierte und damit sozusagen sein Ich vor seinem Ich versteckte, bedeutete dies, dass er auf Abwehrmechanismen zurückgriff. »Erstellen Sie mir doch mal eine Liste Ihrer Abwehrmechanismen«, hätte Hector von Hector verlangen können, denn der Patient Hector war schließlich auch Psychiater, also hätte er die Aufforderung durchaus verstanden.

Als er ein wenig nachgedacht hatte, sagte sich Hector, dass er sich seinen Zustand mit einer Mischung aus Verleugnung und bewusster Verdrängung verschleiert hatte. Das waren zwei Abwehrmechanismen, die als nicht gerade gut für die Gesundheit galten.

Um Verleugnung handelt es sich, wenn Sie sich weigern, in Ihrem Innern oder in der Außenwelt etwas zu sehen, das eigentlich klar auf der Hand liegt. Sie tun das, weil es schwer erträglich für Sie wäre, die Sache zuzugeben. Ein Beispiel: Sie haben jede Menge Indizien dafür, dass Ihr Ehepartner Sie betrügt (und auch Ihre Freunde und Bekannten haben mehr als nur eine vage Ahnung), aber Sie merken es einfach nicht, obwohl es Ihnen doch ins Auge springen müsste. Wenn Sie diese Untreue wahrnähmen, würde Ihnen das zu viel Kummer und Probleme bereiten.

All dies geschieht unbewusst, Sie tun es nicht mit Absicht; ein Teil Ihres Gehirns verbirgt Ihnen eine Tatsache, die Ihnen allzu wehtun würde. Mithilfe der Verleugnung hatte Hector nie über seine Wutanfälle nachdenken müssen; er konnte sie, anders als Clara, sozusagen vergessen.

Um bewusste Verdrängung handelt es sich, wenn Sie es schaffen, ein meist unerfreuliches Gefühl wie etwa den Zorn voll und ganz einzudämmen. Es ist nicht dasselbe, als würden Sie Ihren Zorn kontrollieren; er wird nur einfach in solchen Tiefen zurückgehalten, dass er nie bis an die Oberfläche Ihres Bewusstseins steigt und Sie gar nichts von ihm mitbekommen.

Aber diese beiden Abwehrmechanismen funktionieren nicht immer; in Ihrem Innersten köchelt es beständig vor sich hin, und dann kommt eines Tages plötzlich eine Dampffontäne emporgeschossen wie die, die Géraldine vorhin mitten ins Gesicht getroffen hatte, und die übrige Zeit sind Sie permanent überhitzt, wodurch Sie chronisch reizbar werden.

Was denn, werden Sie jetzt sagen – Verleugnung, bewusste Verdrängung, das kommt doch alles aus der Psychoanalyse, aber Hector ist doch gar kein Psychoanalytiker!

Stimmt, aber trotzdem hielt Hector die Theorie von den Abwehrmechanismen für interessant, um bestimmte Probleme zu erklären, wenn auch nicht die Ursachen der großen psychischen Erkrankungen, obwohl Freuds allzu eifrige Jünger das lange geglaubt hatten.

Es war ein bisschen wie mit dem Katholizismus. Man kann die Botschaft von Jesus Christus bejahen und glauben, dass die christlichen Riten gute Dienste leisten, um die Menschen einander anzunähern und die Mächtigen im Zaum zu halten, aber gleichzeitig ernsthaft bezweifeln, dass die Welt in sieben Tagen geschaffen worden ist, dass sich die Sonne um die Erde dreht oder dass der Papst unfehlbar ist – woran übrigens auch der Papst selbst nicht glaubt!

In der großen Landschaft der Psychoanalyse hatte also die Theorie der Abwehrmechanismen Hectors Interesse geweckt; entwickelt hatte sie übrigens Sigmund Freuds Tochter, die von ihrem Papa analysiert worden war und niemals geheiratet hatte.

Endlich schlief Hector wieder ein, aber er träumte von einem bestirnten Himmel, der von Engeln und Dämonen bevölkert war, während die Sonne sich um die Erde drehte.

Beim Frühstück (zu dem es keine Cornflakes gab) sagte Clara: »Und wenn wir mal in den Urlaub fahren würden?«

Hector schaute sie an. Man ahnte kaum noch, dass Clara am Abend zuvor geweint hatte; sie sah untadelig aus, perfekt gewappnet fürs Büro. Und plötzlich wurde ihm klar, dass sich die Männer auf der Straße bestimmt nach ihr umschauten. Eigentlich sollte er sich jeden Tag sagen, welches Glück er hatte!

»Urlaub?«, meinte Hector. »Das ist eine großartige Idee.«

Aber er wusste nur zu gut, dass es mit Ferien nicht getan sein würde.

Er sah die Beunruhigung und Traurigkeit in Claras Augen.

»Vielleicht solltest du mit einem Kollegen darüber sprechen?!«

»Das ist schon beschlossene Sache.« Und er berichtete ihr von seinem Gespräch mit dem alten François.

Nun wirkte Clara wenigstens ein bisschen erleichtert, denn sie kannte und schätzte Hectors alten Kollegen.

Aber erst einmal war ein neuer Tag zu bewältigen, und Hector nahm sich vor, so eine verrückte Anwandlung wie mit Géraldine nicht bei seinen Patienten zu bekommen – nicht einmal bei denen, die ihm besonders auf die Nerven gingen …

Hector in einer Therapie à la française

Hector und der alte François konnten in ihren Terminkalendern nicht gleich eine Lücke finden, und so beschlossen sie, sich an einem Samstag zum Mittagessen zu treffen. Auch das wird bei einer Therapie nicht gerade empfohlen, aber da sie ja beide Psychiater waren und noch dazu Freunde, konnte man nicht wirklich von einer Therapie sprechen.

Als Hector in der Brasserie des Hotels Lutetia eintraf, saß der alte François bereits auf einer Polsterbank, von der aus man eine gute Sicht auf den Boulevard Raspail und den Square Boucicaut hatte.

Beim Näherkommen war Hector höchst verwundert, denn sein alter Kollege schien sich verjüngt zu haben. Seine Haare wirkten dichter als sonst, und als sie miteinander zu sprechen begannen, sah auch sein Gesicht lebendiger aus und weniger faltig, als Hector es in Erinnerung hatte. Sein traditioneller Anzug und seine Fliege schienen jedoch zu einer anderen Epoche zu gehören und zu einem älteren Mann als dem, der Hector heute gegenübersaß.

»Mir gefällt dieses Restaurant aus mehreren Gründen«, sagte der alte François.

»Schon wieder die Magie eines Ortes und seiner Geschichte?«

»Ganz genau. Auch wenn ich die neue Innenausstattung der Brasserie ein wenig zu nüchtern finde.«

Die Innenausstattung war in Schwarz und Silber gehalten und passte gut zur schwarzen Dienstbekleidung und den weißen Schürzen der Kellner. Sie war schon seit zwanzig Jahren unverändert dieselbe, aber der alte François empfand sie als neu. Die Besucher der Brasserie hatten alle schon ein gewisses Alter erreicht; es waren ganz offensichtlich Stammgäste: viele Ehepaare, ein paar Geschäftsleute, die aber lässiger gekleidet waren als auf dem rechten Seineufer, sie waren eher aus der Verlags- oder Medienbranche als Bankiers.

»Ich empfehle Ihnen die Austern, mein Freund, und was mich angeht, so werde ich danach einen Pot au feu nehmen, der ist hier ganz hervorragend.«

Hector schloss sich dem Kollegen an, und schon bald machten sie sich über ihr Dutzend Austern der Sorte »Fines de Claires Nr. 3« her, die die Farbe des Meeres und der Felsen hatten. Dazu bestellten sie einen weißen Sancerre, aber jeder nur ein Glas, was die französische Art ist, nicht wirklich etwas zu trinken.

»Nun gut, und jetzt erzählen Sie mir mal, wie der Stand der Dinge ist.«

Hector berichtete ihm von seinem Gespräch mit Clara und davon, was ihm in jener Nacht klar geworden war.

Vom Gefühl, dass sein Sprechzimmer ihm allmählich zum Gefängnis wurde. Von seinen mehr oder weniger unterdrückten Zorneswallungen. »Sie haben mich ja selbst mit Géraldine erlebt. Auch wenn ich mich da noch unter Kontrolle bekommen habe.«

»Ich habe Sie erbleichen sehen«, sagte der alte François, »und das ist das Zeichen für heftigen Zorn.«

»Und wenn ich puterrot geworden wäre?«, fragte Hector in scherzhaftem Ton.

Der alte François lächelte.

»Ich habe in einer Studie gelesen, dass das Erbleichen einen besonders heftigen Zorn anzeigt, der uns aufs Kämpfen vorbereitet: Das Blut zieht sich aus der Haut zurück und versorgt vor allem die Muskeln und das Gehirn. Wenn man errötet, beginnt man sich schon wieder zu fangen.«

Der alte François hatte das Metier der Psychiatrie bei einem direkten Schüler von Freud gelernt, aber er liebte auch die

Biologie und viele weitere Disziplinen; er war, wie man so sagt, ein wahrer Wissensborn.

»Und was erklärt Ihrer Meinung nach Ihre immer häufigeren Zorneswallungen?«, erkundigte er sich, nachdem er seine erste Auster geschlürft hatte.

Hector hatte mittlerweile Zeit gehabt, über seinen Fall nachzudenken.

»Dass ich nichts mehr zu erhoffen habe«, sagte er, »das macht mich so zornig.«

»Nichts mehr zu erhoffen?« Der alte François wirkte ziemlich überrascht.

»Na ja, wenn Sie so wollen, kann ich natürlich noch hoffen, dass alles so weitergeht wie bisher, dass nichts ernsthaft schiefläuft. Aber in meinem Alter und meinem Beruf kann ich wirklich nicht mehr erwarten, dass noch etwas Neues passiert.«

Der alte François nickte. »Ja, damit sind die meisten Leute in Ihren Jahren zufrieden – dass das Leben so bleibt, wie es ist. Vor allem, wenn sie ganz angenehm leben.«

»Also muss ich innerlich jünger sein, als mein Ausweis es anzeigt.«

»Die meisten halten sich für jünger, als sie wirklich sind«, meinte der alte François. »Aber es stimmt – Sie wirken tatsächlich noch ziemlich jung.«

»Womöglich ist gerade das mein Problem«, sagte Hector. »Ich sollte vielleicht schleunigst eine Runde altern und mich mit meinem Schicksal abfinden!«

»Da machen Sie sich mal keine Sorgen«, sagte der alte François und lachte. »Solche Altersschübe kommen schnell genug!«

Hector sagte sich, dass sein Kollege seit ihrer letzten Begegnung eher einen Jugendschub erlebt hatte. Inzwischen war er sich sicher: Der alte François musste sich dezent die Haare färben, und bestimmt hatte er auch etwas gegen seine Falten getan, selbst wenn das Ergebnis sehr natürlich wirkte.

Hector war ein wenig enttäuscht, denn solche Dinge wie Haarefärben oder kosmetische Behandlungen passten nicht zu dem Bild, das er vom alten François hatte. Er hatte immer geglaubt, sein Kollege sei zu einem Weisen geworden, der alle Eitelkeiten des Daseins weit hinter sich gelassen hatte. Ob er wohl wirklich so ein guter Ratgeber war?

Doch vielleicht war Weisheit gerade, wenn man akzeptierte, dass niemand rundum weise ist und dass die besten Ratschläge manchmal von Menschen kommen, die sie im eigenen Leben nicht umsetzen können.

»Ich glaube, dass ich auch zornig auf mich selbst bin, weil ich mich eines Lebens erfreue, von dem viele Leute nur träumen können. Ich finde, langsam werde ich meinen nervtötendsten Patienten ähnlich – denen, die alles haben und trotzdem nicht zufrieden sind …«

»Wirklich?«, sagte der alte François.

»Und ich habe den Eindruck, dass mir irgendwann die Sicherungen durchbrennen werden, wenn ich so weitermache …«

»Das gilt es tatsächlich zu vermeiden«, sagte der alte François. Dann saß er eine Weile schweigend da und schaute hinaus auf die Bäume des Square Boucicaut, die sich mit frischem Laub bedeckt hatten – ganz so, wie er selbst sich womöglich frische Haare hatte wachsen lassen.

Lag es an einer Frau, dass der alte François jünger aussehen wollte?

»Na gut«, sagte er jetzt, »bei Ihnen kann ich schneller vorangehen. Ich würde sagen, dass Sie mit mindestens drei Problemen gleichzeitig zu kämpfen haben.«

»Ist das nicht ein bisschen viel für einen einzigen Mann?«, sagte Hector lächelnd.

Der alte François begann die Probleme an seinen Fingern abzuzählen: »Erstens – berufliches Burn-out …«

Ja, dachte Hector. Er wusste, dass sein Terminkalender viel zu dicht gefüllt war, und das seit Jahren. Manchmal hatte er den Eindruck, seinen Patienten nicht mehr gut genug zuhören zu können, und oftmals war er erschöpft. Zum Glück aber hatte er noch nicht Tristans Stadium erreicht: Seine Patienten waren ihm immer noch wichtig, und er fragte sich bisweilen beunruhigt, ob er ihnen eigentlich noch gerecht wurde.

»Zweitens – Leeres-Nest-Syndrom.«

Hector hätte gedacht, dass vor allem Clara darunter litt, die Kinder nicht mehr im Haus zu haben. Jetzt aber wurde ihm klar, dass auch er sich noch nicht daran gewöhnt hatte; sie fehlten ihm, selbst wenn er sie oft auf dem Computerbildschirm sah. Die Gegenwart der Kinder hatte ihn sicher auch immer vom Gefühl der eigenen Sterblichkeit abgelenkt, das ihn neuerdings immer häufiger beschlich.

»Und drittens und letztens«, sagte der alte François, wobei er beide Hände hob und mit den Zeigefingern und Mittelfingern imaginäre Gänsefüßchen in die Luft zeichnete, »eine hübsche kleine Midlife-Crisis.«

Nun also hat es auch mich erwischt, dachte Hector, während der Kellner die Muschelschalen abräumte, die sich auf ihren Tellern türmten.

Hector irrt sich

»Das Burn-out ist für Sie leichter als für die meisten in den Griff zu bekommen«, sagte der alte François. »Sie haben keinen Chef und können selbst versuchen, Ihr Arbeitspensum zu regulieren.«

»Ich weiß, dass das ein Glück ist«, meinte Hector und dachte dabei an all seine Freunde, die – wie auch Clara – in einem Unternehmen arbeiteten und ihm sagten, dass sie ihn um seine Freiheit beneideten. Er habe keine Vorgesetzten, keine Versammlungen und keine Verkaufszahlen, die es zu erreichen galt …

Hector hätte ihnen entgegnen können, dass er sich in seiner Praxis manchmal wie eingekerkert fühlte und sich ziemlich allein vorkam, aber er mochte die Freunde nicht mit seinen Problemen beladen – über die wollte er nur mit dem alten François reden.

»Und Ihr Leeres-Nest-Syndrom?«

»Ja, die Kinder fehlen uns … fehlen mir … aber ich glaube, daran gewöhnt man sich letztendlich.«

»Daran zweifle ich nicht«, sagte der alte François. »Im Allgemeinen geht das vorüber, wenn die Leute ein ausgefülltes Leben haben. Aber haben Sie schon einmal darüber nachgedacht, lieber Freund, dass dieses Syndrom auch wieder so eine schreckliche Krankheit unserer modernen Welt ist – genauso wie Verkehrsstaus oder Altersheime?«

»Eine Krankheit der modernen Welt?!«

»Natürlich, denn früher standen wir viel seltener vor dem leeren Nest. Wenn unsere Kinder flügge geworden waren, hatten wir meist schon das Zeitliche gesegnet!«

Der alte François lachte schallend los und zeigte dabei sehr weiße Zähne. So hatte Hector ihn noch nie lachen sehen.

»… und wenn wir durch einen glücklichen Zufall noch auf Erden weilten, nahmen uns unsere Sprösslinge bei sich auf und setzten uns neben den Ofen – oftmals im selben Haus, das schon unsere Eltern bewohnt hatten. Wissen Sie, ich bin wohl einer der letzten lebenden Zeugen jener Welt. In den Häusern meiner Kinderjahre gab es immer eine Großmutter oder Großtante, die irgendwo in einem Zimmer sachte verdämmerte, und manchmal versuchte sie sich dabei noch nützlich zu machen.« Der alte François hatte Kinder und Enkelkinder, aber bei seiner heutigen Form hatte er sicher noch etliche Jahre vor sich, ehe er ihnen zur Last fallen würde.

Der Kellner (der, wie Hector bemerkte, noch überaus jung war) brachte ihnen die beiden Schmortöpfchen aus schwarzem Gusseisen, aus denen es dampfte.

»Beim Pot au feu hängt alles davon ab, dass man das richtige Fleisch wählt«, sagte der alte François. »Schulterstück oder Querrippe, alles andere ist selten zart genug.«

Sie tranken weiterhin nichts, indem sie jetzt zwei Gläser Maucaillou nahmen, und die Sonnenstrahlen, die bis an ihren Tisch drangen, ließen den Wein rubinrot aufleuchten. Draußen auf dem Square Boucicaut sah Hector die kleinen Kinder spielen, noch in ihren Wintermänteln und beaufsichtigt von ihren Müttern oder Kindermädchen. Manche dieser Kinder würden eines Tages vielleicht ihrerseits im Lutetia speisen, über ihre Midlife-Crisis sprechen und den Kindern, die nach ihnen gekommen waren, beim Spielen zuschauen …

»Und die Midlife-Crisis, von der ich vorhin gesprochen habe«, sagte in diesem Moment der alte François, »was denken Sie darüber?«

Hector antwortete, dass er ein bisschen hinterherhinke: Er mache seine Midlife-Crisis erst durch, nachdem er die Lebensmitte schon eine Weile überschritten habe – es sei denn, er würde hundert Jahre alt.

»Aber bei all den Fortschritten der Wissenschaft ist das doch keineswegs unwahrscheinlich!«, rief der alte François mit einer Kraft, die Hector zusammenfahren ließ. Dann wandte er sich an den Kellner, um sich grobes Salz bringen zu lassen. Er brauchte es für den hübschen rosafarbenen Zylinder aus Mark, den er aus dem Rindsknochen geklopft hatte und nun mit großem Appetit betrachtete.

»Ich glaube, bei mir ist es nur eine halbe Midlife-Crisis«, meinte Hector.

»Wie das, eine halbe?«

»Na ja, bei mir fehlt die Komponente ›Bedauern‹, ›Gefühl des Scheiterns‹ und so weiter …«

Bei seinen Patienten hatte er das oft erlebt, etwa bei Olivia und Sabine: Sie hatten plötzlich das Gefühl, ihr bisheriges Leben sei ein Irrtum gewesen, und sie hätten das falsche Gleis gewählt. Und so haderten sie mit sich selbst oder mit den anderen, weil man sie schlecht beraten hatte, als sie sich auf eine Ehe oder einen Beruf eingelassen hatten, in denen sie nicht glücklich geworden waren.

Hector hatte festgestellt, dass diese Leute im Grunde an einer »negativen Neuinterpretation der Vergangenheit« krankten, bei der sie die glücklichen Momente ihrer Ehe oder die schönen Stunden in ihrem Beruf vergaßen. Das war aber auch normal – wenn Sie traurig oder zornig sind, kommen Ihnen vor allem Erinnerungen, die Sie traurig oder zornig machen.

Hectors persönliches Problem war das allerdings nicht: Bislang war er im Großen und Ganzen mit seiner Arbeit zufrieden gewesen, und es störte ihn nicht, dass er keine Karriere gemacht hatte. Er bereute nichts und konnte sich dennoch schlecht vorstellen, für sein restliches Leben in seiner Praxis eingesperrt zu sein.

»Wir werden die Ursachen für Ihren Überdruss untersuchen müssen«, sagte der alte François und untersuchte dabei seinen Rindsknochen, ob sich in ihm nicht noch ein wenig

Mark fand. »Vielleicht sollten wir Ihre Arbeitsweise durchdenken, Ihre Beziehungen zu den Patienten? Sie wissen ja, dass man sich nicht so auslutschen lassen darf, wie ich es hier mit dem Knochen mache!«

»Am Ende mancher Tage fühle ich mich wirklich ganz schön ausgelutscht ...«

»Das ist ja das Problem in unserem Beruf: den richtigen Abstand zu wahren. Wenn man zu nahe an seinen Patienten ist, macht man sich fertig, aber wenn man zu sehr auf Distanz geht, wird man zynisch, und alles ist einem schnurz. In beiden Fällen leidet die Behandlung darunter. Vielleicht machen Sie mal wieder eine Supervision bei einem Kollegen? Das könnte Ihnen helfen, Ihre Arbeitsweise mit anderen Augen zu sehen. Dabei denke ich nicht an mich – von der Praxis bin ich einfach schon zu weit weg ...«

Das war eine gute Idee, aber Hector gestand, was ihn eigentlich bewegte: »Ich frage mich, ob mir wirklich der Sinn danach steht, meine Arbeitsweise zu verbessern und meine Patienten mit anderen Augen zu sehen. Im Grunde glaube ich, dass ich lieber ein neues Leben beginnen möchte ... beruflich, wohlgemerkt ... nicht dass Sie meinen, ich wollte meine Frau verlassen ...«

Der alte François blieb für ein paar Sekunden stumm. Dann fragte er: »Aber denken Sie manchmal trotzdem darüber nach?«

Damit hatte Hector schon gerechnet. Wenn man ein bisschen zu nachdrücklich verkündet, man wolle etwas Bestimmtes gewiss nicht tun, und ein Psychiater hört es, dann wird der sich fragen, ob man nicht gerade versucht, diesen Wunsch zu unterdrücken.

Hector gestand dem alten François, dass er nicht umhinkönne, ein paar Sekunden zu träumen, wenn ihm eine ungewöhnlich verführerische Frau über den Weg lief. Aber das halte nicht lange an, denn er wisse, dass so ein Abenteuer wie ein feuchtfröhlicher Abend sei, der einem am Anfang richtig guttut und ganz wunderbar vorkommt. Aber dann behalte man oft einen schrecklichen Brummschädel davon zurück – mit dem Unterschied, dass Aspirin bei einer Affäre nicht helfe.

»Wenn es herauskäme, würde ich Clara sehr wehtun …«

»Ist es das, was Sie davon abhält?«

»Ja. Und außerdem weiß ich, dass es ziemlich unreif wäre. Mit einer jungen Frau ein Abenteuer haben, ein Cabrio kaufen – das ist doch geradezu das Klischeebild eines Mannes in der Midlife-Crisis, nicht wahr? Eine Affäre haben, um sich selbst zu bestätigen und sich wieder jung zu fühlen … Das habe ich einfach zu oft gesehen.«

Der alte François lächelte, als wollte er damit ausdrücken, dass er Hector gut verstehe, aber vielleicht lächelte er auch nur, weil er in seinem Schmortöpfchen gerade noch ein Stück Fleisch erspäht hatte, das unter einer Steckrübe verborgen gewesen war.

»Lieber Freund, ich muss zugeben, dass mir mein Spider Alfa 2000 in wunderbarer Erinnerung geblieben ist … ein roter noch dazu … ich muss damals ungefähr so alt gewesen sein wie Sie jetzt … ah, an der italienischen Riviera entlangzusausen, die Haare im Wind … und der Kopf einer reizenden Frau lehnt sich einem an die Schulter …«

Der alte François bekam einen träumerischen Blick, und schon fing auch Hector einen Moment lang an zu träumen.

Ob es Clara war, die er sich im roten Spider an seiner Seite vorstellte?

»Aber natürlich«, meinte der alte François, »betrachten Sie das alles vom Standpunkt der geistigen Reife aus.«

»Ja, aber manchmal habe ich trotzdem das Gefühl, dass es so nicht weitergeht und dass ich den Rest meines Lebens nicht so zubringen will wie in den letzten Monaten.«

»Sehen Sie«, sagte der alte François, »das ist ganz typisch für eine Midlife-Crisis! Man denkt an den Rest seines Lebens …«

»Genau, und man will ihn bestmöglich nutzen.«

»Das ist ein Beweis dafür, dass man sich noch ziemlich jung fühlt, mein lieber Freund. Was mich angeht, begnüge ich mich mit dem Wunsch, alles möge noch so lange wie möglich so weitergehen.«

Wenn man jedoch die Energie sah, die der alte François ausstrahlte, hätte man glatt angenommen, sie hätte noch für ein neues Leben gereicht oder sogar für zwei. Aber vielleicht war es auch nur die Freude darüber, sich mit Hector im Lutetia zu einem guten Mittagessen zu treffen?

»Lieber Freund, ich denke, dass wir uns noch öfter sehen müssen, um über diese Dinge zu sprechen. Bloß keine überstürzten Entscheidungen, Sie wissen das ja.«

Hector hatte verstanden, dass der alte François mit »überstürzte Entscheidungen« das Ausagieren meinte, den Schritt zur Tat, denn die Psychologie ist wie ein Wörterbuch, in dem es immer noch eine zweite Bedeutung gibt.

»Für nächste Woche habe ich vielen Patienten abgesagt«, entgegnete er, »und ich bleibe in Paris. Also, wann immer Sie wollen.«

»Ich denke, wir sollten uns ziemlich regelmäßig treffen«, sagte der alte François und schaute Hector dabei an, als wollte er ihm begreiflich machen, dass er seinen Fall für ziemlich ernst hielt. »Bis zum nächsten Mal können Sie ja schon eine kleine Aufstellung von allen Dingen machen, die Sie sich von einem neuen Leben erhoffen.«

Hector musste lächeln, aber er war einverstanden. Die leer geputzten Schmortöpfchen wurden fortgetragen, und obwohl die beiden Psychiater sich gegenseitig versichert hatten, sie würden keine Nachspeise nehmen, ließ sich der alte François doch noch einmal die Karte bringen.

Als Hector sah, dass es Rum-Savarin gab, geriet er für einen Moment in Versuchung, aber plötzlich schaute der alte François ihm über die Schulter, und Freude erstrahlte auf seinem Gesicht.

»Ah«, rief er aus, »Ophélie!«

Hector drehte sich um und erblickte eine junge Frau, die sich lächelnd dem Tisch näherte. Bestimmt war dies die Frau, für die der alte François jünger aussehen wollte! Sie war hinreißend: schlichte und schöne Gesichtszüge – wie ein Engel von Botticelli, dachte Hector –, Haare in der Farbe von Herbstlaub und vor allem ein strahlendes, Glück verströmendes Lächeln.

Sie neigte sich zum alten François hinab und küsste ihn auf die Wange. Dann wandte sie sich Hector zu.

»Darf ich vorstellen?«, sagte der alte François. »Meine Enkeltochter Ophélie.«

Und Ophélie blickte Hector in die Augen und sagte: »Großvater hat schon oft von Ihnen gesprochen!«

Hector ist bezaubert

Sie waren über den Boulevard Raspail auf den Square Boucicaut gegangen, wo der alte François eine Zigarette rauchen wollte.

Von dort aus sah man, dass die herrliche Fassade des Hotels Lutetia keine geraden Linien hatte, sondern sich in dezenten senkrechten Wellen wölbte, als hätten die Architekten damals beschlossen, dass eine flache Fassade einfach zu banal wäre.

»Danach ist der Funktionalismus gekommen«, sagte der alte François, »eine genauso interessante und hoffnungsvolle Idee wie der Kommunismus. Und das hat es uns nun gebracht!« Er wies auf das einzige moderne Wohnhaus an jener Kreuzung, einen großen Kaninchenstall mit Balkonen aus Rauchglas.

»Wer weiß, was sie zerstört haben, um das da hinbauen zu können!«, sagte Ophélie empört, und Hector war gerührt, weil jemand, der noch so jung war, die Überbleibsel des Vergangenen verteidigte.

»Aber leider«, fuhr der alte François fort, »brechen nur die schief konstruierten Gesellschaftsordnungen in sich zusammen, die Eseleien der Architekten bleiben uns erhalten …«

Aber Ophélie interessierte sich auch für das aktuelle Geschehen; sie war Studentin an einer Hochschule für Journalisten. Sie verriet Hector, dass sie davon träume, einmal in ferne Länder entsandt zu werden. Wie meine Kinder, dachte er.

»Ich glaube, sie hat das Vagabundengen geerbt, das in einem Teil unserer Familie präsent ist«, sagte der alte François sehr zufrieden. Auch er war in seinem Leben ungeheuer viel gereist.

»Wer sind eigentlich diese Frauen da?«, fragte Ophélie. Sie zeigte auf eine Figurengruppe aus weißem Marmor ganz in ihrer Nähe: Zwei warm angezogene Damen beugten sich zu einem sichtlich armen Jungen hinab, und eine von ihnen schien in ihrer Handtasche nach ein paar Geldstücken zu suchen.

»Ich glaube, ich habe sie nicht mehr persönlich kennenlernen dürfen«, antwortete der alte François lächelnd.

»Großvater!«

»Die linke ist Marguerite Boucicaut, eine ehemalige Gänsehirtin. Mit ihrem Mann, einem einstigen Ladengehilfen, gründete sie das erste Pariser Kaufhaus, *Le Bon Marché*.«

Das Kaufhaus stand gleich gegenüber und war ebenso schön wie das Hotel Lutetia, das man übrigens gebaut hatte, um Boucicauts reiche Kundschaft aus der Provinz zu beherbergen.

»Welche Wonnen für die Notarsgattin!«, sagte Ophélie.

»Die rechte ist die Baronin Clara de Hirsch – Vater Senator und Bankier, reiche jüdische Familie aus Belgien, heiratet den Baron von Hirsch, auch er Bankier, Großvater geadelt vom bayerischen König Maximilian I.«

»Und weshalb sind sie da beide zusammen dargestellt?«

»Sie haben ihr Leben lang für die Mittellosen Schulen und Krankenhäuser gegründet, von denen einige heute noch ihren Namen tragen. Und im *Bon Marché* gab es für die Angestellten Abendkurse und eine medizinische Versorgung – lange vor Einführung der Sozialversicherung!«

»Also zwei große Frauen«, sagte Ophélie. »Das ist auch mal was anderes als die hübschen halb nackten Göttinnen, die man normalerweise zu sehen bekommt.«

Hector hätte beinahe gesagt, dass er lieber Standbilder von hübschen halb nackten Göttinnen sah, aber er hielt sich zurück, denn solche Scherze konnte man vor dem alten François machen, aber nicht vor Ophélie.

Wie der alte François nun erklärte, musste Ophélie für ihr Seminar einen Artikel schreiben, und als Thema hatte sie sich die Psychiatrie von heute ausgesucht. Natürlich hatte sie damit begonnen, ihren Großvater ausgiebig zu interviewen.

»Nur«, meinte der alte François, »dass ich mich ein bisschen wie ein Vertreter der Psychiatrie von gestern fühle.«

»Von wegen, Großvater! Du hast sehr moderne Dinge gesagt.«

»Mag sein, aber ich glaube trotzdem, dass du mehrere Gesprächspartner brauchst. Lieber Freund, wären Sie bereit, Ophélie …«

»Aber selbstverständlich. Wie könnte ich mich weigern, die Enkeltochter eines Freundes bei den ersten Schritten ins Berufsleben zu unterstützen?«

Am Ende mussten sie sich voneinander verabschieden. Hector sah, wie der alte François Ophélie untergehakt hatte und flotten Schrittes mit ihr davonging. Er fragte sich, ob er eines Tages selbst diese Freude erleben würde – einen Spaziergang mit seiner Enkeltochter.

Sabine will immer noch ein neues Leben anfangen

»Wie dem auch sei«, sagte Sabine, »Sie können mir noch so sehr helfen, indem Sie mir die richtigen Fragen stellen und all das – ich sehe trotzdem nicht, wie ich momentan mit meiner Arbeit zufrieden sein könnte.«

»Aber früher waren Sie zufrieden?«

»Sagen wir mal, dass mich der Erfolg und die Gehaltserhöhungen vielleicht eine Weile betäubt haben.«

In Sabines Worten bewahrheitete sich gerade eine Theorie über das Glück: Eine beträchtliche Erhöhung unseres Lebensstandards macht uns zunächst glücklicher, aber dann gewöhnen wir uns daran, und nach ein paar Monaten sind wir wieder bei unserer üblichen mürrischen Stimmung angelangt.

»Und damals hatte ich einen guten Chef, während der neue nur an seine Karriere denkt.«

»Denken nicht alle an ihre Karriere?«, fragte Hector und dachte dabei: Alle außer mir, und wahrscheinlich sollte auch ich es häufiger tun.

»Ja«, meinte Sabine, »aber ihm sieht man sofort an, dass seine Gedanken um nichts anderes kreisen. Bei ihm läuft es nach dem Motto *kiss-up, kick-down*.«

Hector gefiel dieser neue Ausdruck, der bedeutete, dass man sich bei seinen Vorgesetzten einschmeichelt und zu seinen Untergebenen brutal ist.

Sabine hatte ein gutes Betäubungsmittel für die etwas schmerzlicheren Seiten ihres Jobs verloren – einen guten Chef.

Ein guter Chef kann bewirken, dass Sie fast alles erträglich und sogar aufregend finden, vorausgesetzt, Sie haben wie Sabine auch das Zeug zu einem guten Untergebenen.

Hector dachte, dass Sabines Tage in jenem Konzern gezählt waren, und fragte sich, ob ihr diese Idee bereits selbst gekommen war. Aber die Sprechstunde war schon weit vorangeschritten, und sie mussten auch noch über den anderen Anlass für Sabines Midlife-Crisis sprechen – über ihren Ehemann.

»Ach, ich frage mich, was ich da überhaupt noch erwarten kann …«, meinte sie.

»Aber merkt Ihr Mann denn überhaupt, dass Sie nicht zufrieden sind?«

»Ich habe es wohl mittlerweile aufgegeben, ihn ändern zu wollen.«

Sabines Mann hatte natürlich auch gute Eigenschaften: Er war eine Frohnatur, amüsierte sich gern und liebte es, spontan Freunde zu sich einzuladen und mit seinen Kumpels einen zu heben. Im Urlaub nahm er Sabine und die Kinder auch auf herrliche Ausflüge mit. Andererseits mochte er nur das tun, was ihm selbst Spaß machte. Im Grunde war er vor allem ein guter Ferienehemann.

Nicht so gerne erledigte er hingegen die Einkäufe, begleitete Sabine in die Geschäfte oder sprach mit den Lehrern seiner Kinder, und er legte auch keinen Wert auf trautes Zusammensein nur mit seiner Frau. Lieber brachte er dann Freunde mit nach Hause.

In seinem Beruf als Tennislehrer ging er ähnlich vor: Er riss sich nicht gerade ein Bein aus, um mehr Schüler zu bekommen oder mehr Trainingsstunden zu geben, und er wollte nur sympathische Schüler haben. Sabine hatte ihn übrigens in Verdacht, bei bestimmten Frauen nicht nur die Rückhand verbessert, sondern auch anderweitig die Leistungsfähigkeit getestet zu haben.

»Und wie kommen Sie damit zurecht?«, fragte Hector.

»Eigentlich ist er ein großes Kind, wenn Sie so wollen. Mir fällt es schwer, ihm richtig böse zu sein. Und ein guter Vater ist er außerdem. Was will man mehr?«

Hector fiel wieder ein, dass Sabine ihm erzählt hatte, dass ihr eigener Vater ein fröhlicher, untreuer und verschwenderischer Typ gewesen war. Vielleicht hatte das ihre Erwartungen an die Männer überhaupt ein wenig durcheinandergebracht oder im Gegenteil zu fest eingestellt.

Er schlug Sabine vor, beim nächsten Mal ihren Mann mitzubringen, damit er auch seine Sicht kennenlernen konnte. Könne sie sich mit diesem Vorschlag anfreunden?

»Ja, natürlich, aber ich glaube, *er* wird nicht mitkommen wollen. Solchen unbehaglichen Situationen weicht er immer aus. Es ist ein bisschen so, als wenn er mit dem Klassenlehrer reden soll ... Und was die Arbeit angeht – wenn ich denen nun meine Kündigung auf den Tisch knalle?!«

Hector fuhr zusammen. »Ich glaube, wir sollten noch mal darüber sprechen.«

Roger bleibt aus

Hector wartete auf Roger, der sich sehr verspätet hatte.

Er begann sich schon Sorgen zu machen, denn in den letzten Jahren war Roger nie unpünktlich gewesen (er war immer zu Fuß unterwegs und liebte lange Spaziergänge) und hatte nicht eine einzige Konsultation versäumt. Allerdings war sein Terminkalender ja auch nicht besonders voll.

Um sich ein wenig abzulenken, kam Hector auf seinen Plan zurück, ein Buch über all die Leute zu schreiben, die ein neues Leben anfangen wollen. Er versuchte eine kleine Liste mit all den Abwehrmechanismen zu erstellen, die in einer solchen Krise möglich sind, und veranschaulichte sie an seinem eigenen Fall, den er den »Fall H.« nannte.

Konversion: Eines Morgens erwacht H. mit einer mysteriösen Lähmung beider Beine, die ihn daran hindert, in die Praxis zu gehen. Die medizinischen Untersuchungen ergeben nichts, aber gelähmt ist er trotzdem.

Wahnhafte Projektion: H. weiß, dass er Versuchskaninchen in einem psychologischen Experiment ist, das teuflische Außerirdische ersonnen haben. Sie schicken ihm am laufenden Band verführerische Passantinnen und langweilige Patienten, um herauszufinden, wie lange er das durchhält.

Aber eigentlich glaubte Hector nicht, dass H. diese beiden Abwehrmechanismen einsetzen würde. So etwas wäre ihm schon in jüngeren Jahren passiert. Die beiden folgenden allerdings hatte er bereits angewendet:

Verleugnung: H. merkt nicht, dass er nicht mehr so weitermachen kann; er macht sich seine fast permanente Reizbarkeit und seine Wutanfälle nicht bewusst. Erst seine Frau und ein alter Freund müssen ihn mit der Nase darauf stoßen.

Träumerei: H. träumt von einem neuen Leben – als Ambulanzarzt in Afrika, umgeben von hübschen Krankenschwestern, als Besitzer eines Strandrestaurants an der Riviera, umgeben von hübschen Kellnerinnen, als gefühlvoller Schlagersänger, umgeben von hübschen Bewunderinnen (hatte nicht einst auch Paolo Conte als Rechtsanwalt begonnen?).

Die nun folgenden erschienen ihm bei H. auch wenig wahrscheinlich zu sein, aber es war interessant, sie sich einmal auszumalen.

Ausagieren: H. baggert eine verführerische Passantin an und schleppt sie ab. H. kauft sich einen Spider Alfa. H. sagt seinen nervtötenden Patienten, dass sie nicht mehr in seine Sprechstunde kommen sollen – er wolle sie nie wieder sehen!

Projektion: H. denkt, dass seine Frau ein neues Leben anfangen wolle; er stellt sich vor, wie sie im Büro sitzt, umschwärmt von verführerischen Kollegen, und beginnt heimlich, ihre E-Mails zu überwachen.

Intellektualisierung: H. liest eine ganze Bibliothek von Büchern über den Beginn eines neuen Lebens, analysiert seinen eigenen Fall, erstellt Listen und Tabellen und schreibt am Ende ein Buch zu diesem Thema.

Aber tat er das nicht gerade?

Verlagerung: H. sagt seinen Patienten, sie sollten ihre Arbeit hinschmeißen, auf Reisen gehen, ihrem Partner den Laufpass geben, sich ein bisschen anstrengen und endlich ein neues Leben anfangen.

Regression: Nach seiner Heimkehr von der Arbeit trinkt H. jeden Tag ein paar Gläschen mehr. Er kauft sich Kollektionen seiner alten Lieblingsfilme und schaut sie sich am Vormittag an, wobei er heiße Schokolade trinkt. Er beginnt Armbanduhren zu sammeln oder vielleicht Miniaturausgaben von Flugzeugen des Zweiten Weltkriegs.

Kompensation: H. geht ins Fitnessstudio und macht Kraftsport. H. kauft sich ein Cabrio – einen Rolls-Royce Corniche. H. versucht, in einen alten und sehr elitären Klub aufgenommen zu werden. H. will sich in den Vorstand der Ärztekammer wählen lassen.

Es war wohl besser, wenn Clara diese kleine Liste niemals zu Gesicht bekäme. Sie könnte denken, es wären lauter Zukunftspläne, wo es doch nichts als eine Fingerübung war!

Petit Hector ist erwachsen geworden

Roger indessen war noch immer nicht aufgetaucht.

Plötzlich vernahm Hector ein leises Signal seines Computers: Sein Sohn rief ihn an.

Hector II. erschien auf dem Bildschirm, wie immer mit ernsthafter Miene. Nur als er seinerseits das Gesicht seines Vaters erblickte, huschte ein flüchtiges Lächeln über seine Züge.

»Wie geht's, Papa?«

»Sehr gut, und dir?«

»Alles in Ordnung. Es geht so seinen Gang.«

Zu Beginn seines Aufenthalts hatte Hector II. seinen Eltern regelmäßig Fotos geschickt, auf denen er im Begriff war, umringt von jungen Soldaten mit Stahlhelmen und kugelsicheren Westen in einen großen Militärhubschrauber zu steigen. Spezialeinheiten, wie er seinen Eltern fröhlich erklärt hatte. Dann hatte der reizende Knabe mitbekommen, dass, was für ihn aufregend und spannend war, seine Mutter in unkontrollierbare Angstzustände stürzte, und so hatte er keine Fotos dieser Art mehr geschickt. Nun kamen beruhigendere Bilder, auf denen Hector II. mit ernster Miene neben seinem Chef saß. Es waren Besprechungen mit würdigen afghanischen Beamten sowie Repräsentanten von Nichtregierungsorganisationen, darunter sogar auch einigen afghanischen Frauen mit unverschleiertem Gesicht.

»Aber wir kommen immer unangekündigt und bleiben nie lange an einem Ort«, hatte Hector II. erklärt. »Damit die Rebellen gar nicht erst die Zeit haben, einen Angriff vorzubereiten ...«

»Das solltest du deiner Mutter nicht erzählen«, hatte Hector gesagt. Daraufhin kamen, um nun wirklich alle zu beruhigen, Fotos von Hector II. auf Versammlungen in den Botschaftsräumen in Kabul. Auf mehreren Bildern war Hector eine brünette junge Frau aufgefallen. Eine junge Anwältin, hatte ihm Hector II. erklärt; sie kümmerte sich für eine Nichtregierungsorganisation um die Frauenrechte in Afghanistan.

Auch das solltest du deiner Mutter nicht erzählen, hatte Hector gedacht, und es war ihm nicht entgangen, dass in der Stimme seines Sohnes ein wenig Unsicherheit gelegen hatte. Außerdem hatte er sehr wohl bemerkt, was für einen Blick die junge Afghanin ihm auf einem der Fotos zuwarf.

An diesem Vormittag auf dem Bildschirm wirkte Hector II. frisch und ausgeruht. Womöglich war dies ein Privileg der Jugend, dachte sein Vater; er selbst fühlte sich müde und schlecht in Form, obwohl sein Leben doch weniger turbulent verlief. Aber vielleicht war gerade das der Grund?

»Ich komme nach Paris zurück!«, verkündete Hector II.

»Na endlich!«

Hector freute sich sehr und dachte gleich an Clara, die sich noch viel mehr darüber freuen würde.

»Äh, nein, nicht für immer ... Nur für vierzehn Tage.«

»So kurz?«

»Ich begleite einen Lehrgang für afghanische Anwälte in Paris!«

Hector sagte sich, dass er der jungen Frau vom Foto vielleicht schon bald begegnen würde, aber er fragte nicht nach; er stellte seinen Kindern nie Fragen über ihr Liebesleben, sondern wartete, bis sie wirklich wichtige Neuigkeiten zu vermelden hatten.

»Also, Papa, dann bis bald!«

»Bis bald, mein Junge.«

Hector II. verschwand vom Bildschirm, und Hector fand, dass sein Sohn, was spektakuläre Lebenswenden betraf, viel früher anfing als er selbst.

Er hörte, wie die Sprechstundenhilfe einem Patienten die Tür öffnete. Eigentlich waren es, wie sie Hector benachrichtigte, sogar zwei – der sehr verspätete Roger und Olivia, die ein bisschen zu früh gekommen war.

Hector beruhigt Roger

Roger betrat das Sprechzimmer, ohne Guten Tag zu sagen oder sich zu entschuldigen; dann nahm er im Patientensessel Platz. Er starrte Hector mit gerunzelter Stirn an und sagte dabei kein Wort.

Hector war ernsthaft beunruhigt.

Bestimmt hatte Roger seine Medikamente nicht mehr genommen, und die Wahnvorstellungen waren wieder da. Vielleicht war Hector jetzt sogar ein Bestandteil dieser kruden Ideen? Er musste schnell herausfinden, ob Roger ihn nicht plötzlich für den Antichrist hielt, der ihm in manchen seiner früheren Wahnschübe erschienen war.

»Roger?«

Keine Antwort.

»Mir ist aufgefallen, dass Sie viel zu spät gekommen sind. Hatten Sie unterwegs Probleme?«

Hartnäckiges Schweigen, aber der starre Blick wirkte nun ein wenig milder.

»Ich bin überzeugt, dass Sie Probleme hatten, denn sonst kommen Sie immer pünktlich. Da sind Sie übrigens der Einzige.«

Roger senkte den Blick und schaute seine beiden großen, behaarten Hände an, die er auf die Knie gelegt hatte.

Hector hoffte, dass der Wahn, der in Roger steckte, ihm nicht befehlen würde, seinen Psychiater zu erwürgen.

Er musste versuchen, in Kontakt mit ihm zu bleiben, denn das Schweigen verstärkt die Halluzinationen normalerweise.

»Roger, Sie sehen so aus, als würden Sie irgendetwas hören. Ist es vielleicht die Stimme des Allerhöchsten?«

Roger hob den Kopf und blickte Hector an, diesmal mit einem etwas verschreckten Ausdruck.

»Roger, könnten Sie mir bitte sagen, was Sie da hören?«

Aber der stellte seine buschigen Augenbrauen von Neuem quer, denn allzu drängende Fragen konnte er nicht leiden.

Sie stellen sich nun vielleicht vor, dass es Hector durch seine geschickt gewählten und verständnisvollen Worte gelingen wird, Roger zu besänftigen. Im Kino läuft das nämlich immer so ab: Dank seiner tiefen Menschlichkeit und seines wunderbaren Sinns für Psychologie gelingt es dem Psychiater stets, auch noch den tobendsten Irren zu beschwichtigen, und nach ein paar Augenblicken atemloser Spannung bringt er ihn schließlich so weit, dass er wie ein Kind losschluchzt und sanft wie ein Lamm wird. Und weil die Leute allerhand solche Filme gesehen haben, erwarten sie von einem Psychiater genau das – »Da wütet ein gefährlicher Verrückter! Rufen Sie schnell den Psychiater!«

Hector und seine Kollegen wissen nur zu gut, dass es im wahren Leben nicht immer so abläuft. Wenn sich jemand zu tief ins Dickicht seines Wahns verirrt hat, kann man natürlich versuchen, mit ihm zu sprechen, aber wenn das nicht klappt, ist es besser, die Polizei anzurufen oder ein paar Krankenpfleger, die mit solchen Situationen vertraut sind – jedenfalls Leute, die fit genug sind, um sich auf die betreffende Person zu werfen, und geschickt genug, um sie dabei nicht zu verletzen und ihr auch noch eine Beruhigungsspritze zu verabreichen – auch wenn das keine sehr hübsche Szene ist, was die Persönlichkeitsrechte angeht, den Respekt vor dem originellen Erleben des anderen und die unbezwingbare Macht der Liebe …

Hector hatte für solche Fälle eine einsatzbereite Spritze in der Schreibtischschublade liegen, ganz in Reichweite, aber er wusste, dass ihm, um eine Katastrophe zu verhindern, angesichts von Rogers Massigkeit und mit einer kaum 50 Kilo wiegenden Sekretärin als einziger Hilfe nur seine Kunstfertigkeit blieb, sein altes Vertrauensverhältnis zu Roger und allerhöchstens noch die Hilfe des Allerhöchsten.

Plötzlich erklang die Glocke von Saint-Honoré-d'Eylau und zeigte das Ende der Konsultation an.

Roger erhob sich. »Bin spät dran«, murmelte er.

»Das macht nichts, Roger, wir müssen noch ein wenig miteinander reden.«

Roger blieb stehen und wusste nicht recht, ob er fortgehen oder sich wieder hinsetzen sollte.

Nun stand auch Hector auf und wies von Neuem auf den Sessel.

»Hier, nehmen Sie doch bitte Platz; ich werde mich in den anderen Sessel setzen«, sagte er und zeigte auf den Sessel für die Partner der Patienten.

Er hoffte, dass diese kleine Positionsveränderung Roger ein wenig ablenken und zum Hinsetzen bewegen würde. Was auch prompt geschah.

»Nun, Roger, wie steht es mit dieser Umzugsgeschichte?«

Roger brummte: »Die umzingeln mich, die stellen mir nach …«

»Wer umzingelt Sie?«

Roger schaute Hector an wie jemanden, der von Tuten und Blasen keine Ahnung hat, und erklärte ihm schließlich, dass sich gewisse Leute nachts auf den Dächern in der Nähe seiner Einraumwohnung postierten, um ihn auszuspähen; sie hatten auch Beruhigungsmittel in das Wasser gemischt, das aus seinen Wasserhähnen floss; sie hörten ihn mit Mikrofonen ab, die sie in seinem Fernseher versteckt hatten und die sich in Gang setzten, sobald er den Apparat einschaltete. Aber er sah ohnehin nicht mehr fern, nachdem er bemerkt hatte, dass in verschiedenen Sendungen auf seinen persönlichen Fall und seine Umzugsgeschichte angespielt wurde, indem jemand solche sibyllinischen Sätze äußerte wie: »Es ist nun Zeit zu gehen« oder »Komme, was da wolle, wir wagen es!«

Die Psychiater nennen so etwas »unstrukturierte paranoide Wahnvorstellungen mit Referenzideen«. Hector fand es durchaus interessant, denn es hatte keine Ähnlichkeit mit Rogers früheren messianischen Wahnvorstellungen, aber es war nicht der passende Moment für eine Feinanalyse der Symptome – man musste erreichen, dass Roger wieder Medikamente einnahm.

»Das alles muss für Sie sehr anstrengend sein, Roger, aber trotzdem ist es nötig, dass Sie wieder Ihre Medizin nehmen.«

»Ich will aber nicht. Ich will nicht umziehen.«

»Über den Umzug reden wir noch, aber die Medikamente brauchen Sie jetzt gleich.«

Kürzen wir ein wenig ab: Die nächste halbe Stunde versuchte Hector, seinen Patienten dazu zu bewegen, jetzt und auf der Stelle Tabletten zu schlucken, die er aus seiner Schreibtischschublade geholt und neben die er ein Glas Wasser gestellt hatte.

Währenddessen vernahm er erneut die Glockenschläge von Saint-Honoré-d'Eylau und schließlich die Schritte einer weiteren Person im Wartezimmer.

Endlich bekreuzigte sich Roger und schluckte rasch eine der Tabletten hinunter. Hector hätte es lieber gesehen, wenn er gleich drei genommen hätte. Immerhin hatte er einen kleinen Trick angewandt und Roger Retardtabletten gegeben, deren Wirkung eine ganze Woche anhält.

»Da bin ich«, sagte Roger und stand plötzlich auf.

Hector folgte ihm bis zur Tür des Sprechzimmers und bat ihn, noch ein wenig im Warteraum zu bleiben, aber Roger schaute ihn nicht einmal an und hastete wortlos die Treppen hinunter. Voller Sorge wandte sich Hector nun dem Wartezimmer zu, aus dem Stimmfetzen drangen; er öffnete die Tür und erblickte Olivia und Tristan, die nebeneinander auf dem Sofa saßen.

»Das ist doch eine hanebüchene Argumentation!«, seufzte Tristan.

»Totale Gleichgültigkeit gegenüber der übrigen Welt!«, rief Olivia aus.

Als sie Hector sahen, verstummten sie. Er erklärte ihnen die Lage: Ein Notfall habe ihn so aufgehalten. Hatte Olivia noch ein wenig Zeit? Und konnte Tristan noch warten? Beide bejahten seine Frage.

Hector beruhigt Olivia

»Also wirklich«, sagte Olivia, »was für unsympathische Patienten Sie haben!«

»Meinen Sie den Herrn, der mit Ihnen zusammen gewartet hat?«

Hector war ziemlich angespannt. Normalerweise achtete er streng darauf, dass seine Patienten einander nie in der Praxis begegneten, und nun war es wegen der Verrücktheit des armen Roger doch geschehen.

»Ja, das ist einer von diesen Finanztypen, die für unser ganzes Unglück verantwortlich sind!«

»Kommen wir doch auf uns zurück«, sagte Hector.

Aber Olivia war nicht mehr aufzuhalten. »Diese Leute finden es ganz normal, dass sie reich sind; sie glauben, das hätten sie verdient! Und dann hat er mir auch noch erklärt, es gebe überhaupt nur Arbeitslose, weil die Löhne zu hoch seien! Der mit seinem Paul-Smith-Anzug und seinen Berlutti-Mokassins trägt doch schon ein Mehrfaches des Mindestlohns am Leibe mit sich herum!«

»Darauf haben Sie geachtet?«

»Äh ja – habe ich vielleicht nicht das Recht, mich für Mode zu interessieren?!«

»Ich bin beeindruckt«, sagte Hector, »aber können wir jetzt auf unsere Angelegenheiten zurückkommen?«

»Und wissen Sie, was an der ganzen Geschichte am empörendsten war?«

»Nein«, sagte Hector und gab die Hoffnung auf, das Gespräch noch in die richtige Richtung lenken zu können.

»Wie er mich hat spüren lassen, dass er mich für eine Idiotin hält. Dass ich vielleicht lieb und nett bin, aber nichts davon verstehe, wie die Welt funktioniert. Das ist mir bei Gesprächen mit Leuten wie ihm schon oft aufgefallen – mit denen jedenfalls, die überhaupt noch fähig sind, eine Diskussion zu führen. Man merkt es sofort an ihrem Blick: Für sie begreifen wir überhaupt nichts!«

Hector verstand sehr gut, was Olivia sagen wollte; er hatte dieses Gefühl bisweilen selbst, wenn er mit Freunden debattierte, die politisch weiter rechts standen als er. Es war interessant, doch Hector war schließlich nicht dazu da, eine interessante Unterhaltung zu führen: Er sollte Olivia helfen, ein neues Leben anzufangen – oder aber ihr Leben mit anderen Augen zu sehen.

Hector beruhigt Tristan

»Also wirklich, Doktor«, sagte Tristan, »Sie haben ja die eingefleischtesten Linken unter Ihren Patienten!«

Natürlich meinte er Olivia.

»Sie hat noch nicht einmal kapiert, dass man die Arbeitslosigkeit einzig und allein durch private Investitionen verringern kann und dass man meinen Kunden eher Anreize schaffen sollte, statt sie übermäßig mit Steuern zu belasten. Sonst investieren sie im Ausland! Diese Frau hat immer noch nicht akzeptiert, dass das kapitalistische System gewonnen hat!«

»Wie jeder zweite Franzose«, sagte Hector.

»Ah ja, das ist leider wahr!«

»Können wir jetzt auf unsere Konsultation zurückkommen?«

»Und wissen Sie, was mich am meisten aufgeregt hat?«

»Nein«, sagte Hector, der begriffen hatte, dass sich auch Tristan erst mal Luft machen musste.

»Während des ganzen Gesprächs habe ich gespürt, dass sie mich für einen Schuft hielt. Dass sie sich irgendwie moralisch überlegen fühlte. Wissen Sie, was ich meine?«

»Ja«, sagte Hector, der diesen Eindruck auch manchmal hatte, wenn er mit Leuten redete, die politisch weiter links standen als er.

»Ich hatte leider nicht mehr die Zeit, ihr zu erklären, dass ihr Gehalt aus all den Steuern stammt, die Leute wie ich zahlen!«

Hector dachte, dass das ein Glück war, denn sonst hätte er vielleicht doch noch die Beruhigungsspritze gebraucht, die in der Schreibtischschublade bereitlag.

»Und wenn wir jetzt wieder auf Sie zurückkommen?«

»Ach«, sagte Tristan mit einem etwas desillusionierten Lächeln, »auf mich … Schauen Sie, ich habe die Liste gemacht mit den Dingen, die ich vom Leben erwarte.«

»Ich hatte aber nur gefragt, was Sie von Ihrer Arbeit erwarten.«

»Ja, aber ich habe es ein bisschen weiter gefasst.«

Tristan schlug einen Terminkalender der Marke Hermès auf, riss eine Seite heraus und reichte sie Hector.

Was ich vom Leben erwarte:
– zufrieden mit mir sein
– den Eindruck haben, dass ich der Beste bin
– mich nicht langweilen

»Und im Moment ist das nicht der Fall?«, fragte Hector.

»Bei der Arbeit nicht, wie Sie ja schon wissen. Nur noch, wenn …« Tristan stockte.

»Nur noch wann?«

»Wenn ich eine Frau verführe! Im Moment habe ich einen teuflischen Rhythmus«, fügte er mit einem Lächeln hinzu, das seine perfekten Zähne sichtbar werden ließ. »Ich gehe jeden Abend aus und …«

Hector hatte keine große Lust, Details über Tristans Abendgestaltung zu erfahren.

»Und das stellt Sie zufrieden?«

Tristan schaute ihn an, als wäre er gerade aus einem Traum erwacht. »Ob es mich zufriedenstellt? … Für den Augenblick schon, dazu noch mit einem Gläschen guten Champagner im Kopf. Aber mir ist völlig klar, dass es eine Art Kompensation ist. Ich bin nicht mehr glücklich bei meiner Arbeit, also gleiche ich das durch einen anderen Wettstreit aus. Ich kompensiere es …«

Tristan hatte gerade seinen persönlichen Abwehrmechanismus offengelegt: die Kompensation!

»Aber ich weiß ja, dass das ziemlich schäbig ist; morgens beim Aufwachen fühle ich mich nicht gut, vor allem, wenn die Frau noch da ist. Außerdem sind manche wirklich ganz reizend, da habe ich den Eindruck, einen Schatz zu verschwenden. Also, nein, im Grunde stellt es mich nicht zufrieden. Aber es ist ein bisschen wie eine Sucht geworden.«

»Eine sexuelle?«

»Nein. Glaube ich jedenfalls nicht …«

Hector konnte sich vorstellen, dass Tristan nicht nach Sex süchtig war, sondern nach anderen Dingen. Er erinnerte sich, dass sein Patient eine Depression durchgemacht hatte, nachdem eine seiner Freundinnen ihn nicht länger angehimmelt, sondern sich von ihm getrennt hatte. Während der nächsten zehn Minuten stellte er Tristan viele Fragen, und am Ende sagte der Bankier: »Ich glaube, ich bin süchtig nach … nach Bewunderung. Wenn ich anfange, mit einer Frau zu flirten, und ich spüre ihre Überraschung, ihre Bewunderung … Wenn ich die Verwirrung in ihrem Blick sehe … Das ist es, was ich so toll finde!«

Tristans Bedürfnis nach Bewunderung war sowohl eine Stärke als auch eine Schwäche. Hector sagte sich, dass es eine Weile dauern würde, um an diesem Bedürfnis etwas zu ändern und Tristan dazu zu bringen, dass seine Selbstachtung nicht mehr vom Blick der anderen abhing. Konnte Tristan dieses Bedürfnis auf kurze Sicht nicht wirklich am besten befriedigen, indem er den Don Juan spielte?

Was hieße es für ihn, ein neues Leben anzufangen?

Plötzlich fühlte sich Hector schrecklich müde.

Hector stimmt sich ein

Hector hatte immer daran geglaubt, dass es nützlich sein kann, wenn man sich einem wohlwollenden Zuhörer wie dem alten François anvertraut. Eine solche Zuhörerrolle hatte er ja auch zu seinem Beruf gemacht. Was ihn allerdings selbst betraf, so war er ein bisschen nach dem Prinzip *Leide und stirb, ohne zu klagen* erzogen worden. Es war das Fazit eines Gedichts über den Tod eines Wolfs, das er in der Schule gelernt hatte und dessen Schlussverse er noch immer auswendig wusste:

> *Dem Erdensohne, der ins Nichts vergeht*
> *Und dessen Spur der erste Wind verweht,*
> *Ziemt Schweigen. Wilder, seit dein Auge brach,*
> *Weiß ich, dass Winseln, Beten letzte Schmach.*
> *Nach dem erlosten Schicksal ist die Pflicht*
> *Zu tun. Was sonst dir werde, achte nicht.*
> *Zu wirken gilt's, zu kämpfen und zu leiden*
> *Und lautlos, wenn die Stunde kommt, zu scheiden.*

Dieser Wolf war wirklich ein Weltmeister in Sachen Unterdrückung und Akzeptanz – zwei weiteren Abwehrmechanismen.

Im Englischunterricht hatte er mit seinen Mitschülern ein anderes Gedicht gelernt. Ein großer englischer Schriftsteller der Kolonialzeit hatte es für seinen Sohn geschrieben, und es hieß *If*. Auch an diese Verse erinnerte sich Hector noch gern:

Wenn du auf eines Loses Wurf kannst wagen
Die Summe dessen, was du je gewannst,
Es ganz verlieren und nicht darum klagen,
Nur wortlos ganz von vorn beginnen kannst.

»Was hast du gesagt?«, fragte Clara, als sie in die Küche kam.
 »Ähm … nur alte Erinnerungen.«
 »Und nun werde auch ich dich noch allein lassen«, sagte Clara.
 »Allein lassen?«
 Wollte Clara ihm etwa verkünden, sie würde sich von ihm trennen?!
 »Also wirklich, hast du mir wieder mal nicht zugehört?«
 »Ähm …«
 »Ich hatte dir doch gesagt, dass meine Firma mich für vierzehn Tage nach New York schickt!«
 »Ach ja, natürlich! Freust du dich darauf?«
 »Anfangs habe ich mich gefreut. Aber inzwischen frage ich mich … Und dann können aus den vierzehn Tagen auch mehr werden, je nachdem, wie es mit dem Projekt vorangeht …«
 Hector beruhigte sie: Jetzt, wo er weniger Patienten annehme und quasi im Urlaub sei, fühle er sich schon besser, Clara könne unbesorgt ins Flugzeug steigen und sogar länger als zwei Wochen in Amerika bleiben, wenn es nötig wäre.
 Er sah aber, dass Clara noch immer ein sorgenvolles Gesicht machte. Warum nur hatte er ihr in den letzten Monaten so viel Anlass zur Beunruhigung gegeben? Seine halbe Midlife-Crisis würde er doch bestimmt in den Griff bekommen!

Hector, ein Schriftsteller vom Montparnasse

Am nächsten Tag wartete Hector in einem Café gegenüber vom Petit Luxembourg auf Ophélie.

Den Morgen hatte er im unweit gelegenen Tarnier-Krankenhaus verbracht, wo er mit der Sozialarbeiterin nach einer Möglichkeit gesucht hatte, wie Roger in Paris bleiben könnte. Sie hatten aber keine Lösung gefunden.

Weil er neuerdings versuchte, so wenig Zeit wie möglich an seinem Schreibtisch zuzubringen, hatte er sich mit Ophélie lieber in einem ruhigen Café treffen wollen. Er würde sich dort weniger eingesperrt fühlen und ihr leichter antworten können.

Das Café befand sich genau vis-à-vis der Closerie des Lilas, einer berühmten Brasserie, in die einst Picasso, Hemingway und viele andere Schriftsteller und Künstler aus der ersten Hälfte des vergangenen Jahrhunderts gekommen waren, um miteinander zu diskutieren und Halbliterglässer mit Bier zu leeren. Damals war Paris berühmt gewesen, weil man dort günstig leben konnte, weil es viele leichte Mädchen gab und die Stadt ein kultureller Gärkessel war, der laufend neue Moden und Stile hervorbrachte.

Aber das gehörte in eine vergangene Epoche.

Zu dieser vormittäglichen Stunde wollte Hector die Closerie lieber meiden und setzte sich stattdessen ins Café Bullier auf der anderen Straßenseite des Boulevard Montparnasse, von wo aus man einen schönen Blick auf den Jardin du Luxembourg hatte. Von der verglasten Terrasse aus sah man in der Ferne zwischen den Baumreihen die herrliche Fassade des Palais Médicis, den sich eine französische Königin italienischen

Ursprungs hatte erbauen lassen. Dieser königliche Palast beherbergte heute die Senatoren der Fünften Republik – der Republik also, die in Paris eine Menge jener funktionalistischen Gebäude hatte errichten lassen, die dem alten François so missfielen. Häuser vom Schlage des nahe gelegenen Studentenwohnheims, das wie ein riesiger Karnickelstall aussah und kürzlich barmherzigerweise renoviert worden war, wobei man es in dezenteren Farben gestaltet hatte, die das Auge weniger beleidigten.

Während Hector auf Ophélie wartete (er war schon vor der vereinbarten Zeit gekommen, um noch ein paar ruhige Augenblicke zu haben, denn er dachte, so etwas sei gut für sein Burn-out), schlug er sein Notizbüchlein auf und holte einen Bleistift hervor.

Clara war begeistert von seiner Idee gewesen, ein Buch über die Midlife-Crisis zu schreiben.

Er fuhr mit seiner Analyse des Falles H. fort. Warum sollte man nicht auch an Abwehrmechanismen denken, die von etwas mehr Reife zeugten? Und so schrieb er:

Altruismus: H. gibt seine Privatpraxis in Paris auf und wird Arzt in einer Ambulanz irgendwo in Afrika.

Unterdrückung: H. hört auf, über all das nachzudenken, denn es bringt ja sowieso nichts. Er kennt sein Problem und steigt wieder ins alte Laufrad, ohne zu jammern und zu klagen.

Akzeptanz: H. gesteht sich ein, dass er eine Krise durchmacht, aber akzeptiert schließlich sein Leben so, wie es ist, weil er sich sagt, dass er es schon besser erwischt hat als viele andere.

Dann kam er auf etwas zurück, worüber er schon eine Weile nachgedacht hatte:

Frage: Was ist der Unterschied zwischen den Krisen, die bis dato an verschiedenen Punkten unseres Lebensweges auftraten, und jener »Midlife-Crisis«?

Naheliegende Antwort: In der Midlife-Crisis beginnen wir zu allem Übrigen auch noch daran zu denken, wie viel Zeit uns noch bleibt.

Hector begann zu schreiben: *Liebe Kunden, unser Geschäft schließt in wenigen Minuten …* Da vernahm er eine jugendliche Stimme: »Mein Großvater hat mir schon gesagt, dass Sie ständig mit Nachdenken beschäftigt sind.«

Hector hob den Kopf, und als er Ophélie erblickte und ihr Lächeln und ihr reizendes Botticelli-Gesicht, fühlte er, wie sein Herz schneller zu schlagen begann.

»Mach dich bloß nicht zum Idioten!«, dachte er sofort.

Tatsächlich hatte er schon etliche Jahre keine junge Frau mehr im Café getroffen, aber sein Körper, dieser alte Blödmann, hatte ganz vergessen, wie viel Zeit ins Land gegangen und dass sein Eigentümer inzwischen mit Clara verheiratet war, einer Frau, die er liebte.

Hector hoffte, dass Ophélie nichts von seiner Aufwallung mitbekommen hatte. Zum Glück beugte sie sich gerade über eine niedliche rote Aktentasche. Sie zog ein Schulheft und einen Bleistift hervor und sah Hector erwartungsvoll an. Dann stellte sie ihre erste Frage: »Was hat Sie eigentlich dazu bewogen, Psychiater zu werden?«

»Dazu habe ich erst allmählich gefunden«, antwortete Hector. »Erst als Assistenzarzt ist mir klar geworden, dass mich die Weltsicht der Patienten und ihre Persönlichkeit am meisten interessierten …«

Er hatte solche Fragen schon früher in Interviews beantwortet, also lief es ganz von selbst, und er war froh, dass sein Gespräch mit Ophélie eine solche Wendung ins Professionelle nahm.

»Weshalb konsultieren Ihrer Meinung nach immer mehr Menschen einen Psychiater oder Psychologen?«

»Darauf gibt es mehrere Antworten …«

Ophélie hatte sich gut vorbereitet, ihre Fragen zwangen Hector dazu, sich zu konzentrieren, und er gab ihr fast eine Stunde lang Auskunft.

»Danke schön«, sagte sie schließlich. »Ich glaube, jetzt habe ich eine Menge Material für meinen Artikel.«

»Wenn Sie über die Psychiatrie von heute schreiben, sollten Sie vielleicht auch eine psychiatrische Klinik oder eine Ambulanz besuchen …«

»Können Sie mir da eine empfehlen?«

»Selbstverständlich. Ich könnte das mit den Kollegen absprechen.«

Dann bezahlte Hector bei dem jungen Kellner, der es sich nicht verkneifen konnte, nach Ophélie zu schielen, die beiden Tassen Kaffee. Alle Fragen waren abgehandelt, das Wechselgeld war herausgegeben; eigentlich hatte er keinen Grund, noch länger bei Ophélie sitzen zu bleiben, doch irgendwie war er zu träge, um das Signal zum Aufbruch zu geben. »Ich mache mich zum Vollidioten!«, dachte er wieder.

»Ich wollte Sie noch etwas fragen«, sagte Ophélie und tauchte ihren Blick in den seinen.

»Ja, bitte …«

»Mein Großvater hat mir erzählt, dass Sie mal einen Wissenschaftler kennengelernt haben, der einen Stoff entwickelt hatte, mit dem man die Leute ineinander verliebt machen konnte.«

»Hm«, sagte Hector, »ja, das stimmt. Aber es ist schon lange her.«

Etwas mehr als zwanzig Jahre, wie er unwillkürlich nachrechnete. Gleich danach hatte er Clara geheiratet. Sie beide hatten es nicht nötig gehabt, jene verliebt machende Substanz zu schlucken.

»Aber hat es diesen Wirkstoff – diesen Liebestrank, wenn man so will – tatsächlich gegeben?«

Hector musste an die in- und ausländischen Mächte denken, die sich damals Professor Cormoran, dem Erfinder des Präparats, an die Fersen geheftet hatten, und ihm stand nicht im Geringsten der Sinn danach, dass Ophélie, eine zukünftige Journalistin, diese alte, geheime und tief vergrabene Affäre wieder ans Tageslicht holte.

»Es hat nicht wirklich geklappt«, sagte er. »Man hat das Zeug einem Pandapärchen gegeben, und es ist schlimm ausgegangen.«

»Wieso schlimm?« Ophélies Augen leuchteten.

»Das Männchen hat das Weibchen aufgefressen!«

»Aber das ist ja schrecklich!«, rief Ophélie entsetzt und hielt sich ihre schöne Hand vor den Mund.

»Wenn man bedenkt, dass sich Pandas sonst nur von Bambussprossen ernähren, muss dieses Mittel sie also vollkommen verrückt gemacht haben.«

»Ein Glück, dass es sonst niemand genommen hat!«

Hector wusste, dass dies nicht ganz stimmte und dass die letzte Version des modernen Liebestranks wahrscheinlich sogar gewirkt hatte, aber das erzählte er Ophélie nicht.

Sie schien noch immer von dem Thema fasziniert zu sein: »Und trotzdem – wenn man die Forschungen fortgesetzt hätte, wäre das eine richtige Revolution geworden. Wenn man sicher sein könnte, dass man sich in die Person seiner Wahl verliebt und auch verliebt in sie bleibt!«

»Finden Sie wirklich, dass es eine gute Erfindung gewesen wäre?«

Hector dachte daran, wie er das gesamte Forschungsmaterial des Professors in einem reißenden Gebirgsbach hatte verschwinden lassen.

»Vielleicht«, meinte Ophélie. »Die Liebe kann so viel Leid bringen …«

Hector fragte sich, wer der Schurke sein mochte, der Ophélie leiden ließ. Im selben Augenblick begann auf dem Tisch ihr Handy zu summen. Sie nahm es hoch, schaute auf die Nummer, ging aber nicht dran.

Aus ihrer etwas traurigen, aber dennoch ruhigen Miene schloss Hector, dass nicht sie an der Liebe litt, sondern der Anrufer.

Diese Qualen der Liebe schienen Hector nur noch eine ferne Erinnerung zu sein – beinahe so alt wie die Fassade des Palais du Luxembourg. Na schön, und nun war es auch höchste Zeit, das Feld zu räumen! Wollte er noch lange über Ophélies Seelenzustände nachdenken?

»Jetzt muss ich aber gehen«, sagte Hector, »ich habe noch etwas in der Rue des Saints-Pères zu tun, an der Medizinischen Fakultät.«

»Da gehen Sie doch bestimmt durch den Jardin du Luxembourg?«

»Ja.«

»Sehr schön, da muss ich auch lang!«

Hector passt auf

Zuerst kamen Hector und Ophélie am Denkmal für Francis Garnier vorbei, der Büste eines stattlichen Mannes, die sich über die bronzenen Gestalten dreier nackter Frauen erhob. Sie waren offensichtlich ganz außer sich vor Bewunderung für diesen stolzen Kolonisator. Betrachtete man sie übrigens genauer, so sah man, dass sich das Trio der schönen Bewunderinnen aus einer Afrikanerin, einer Asiatin und einer Europäerin zusammensetzte, und alle drei hatten eine perfekte Figur.

Da Hector aber noch Ophélies Bemerkung über die hübschen halb nackten Göttinnen im Ohr hatte, enthielt er sich lieber eines Kommentars.

Schon wenige Meter weiter erhob sich ein gewaltiger Brunnen, dessen Ränder von einem Dutzend lebensgroßer Bronzepferde geziert wurden, während ihn in der Mitte vier schlanke – und natürlich nackte – junge Frauen krönten, die in ihren zarten Armen eine Erdkugel hielten, das Symbol des wunderbaren französischen Imperiums, dessen zivilisatorisches Licht über der ganzen Welt strahlte. Der Künstler hatte dem traditionellen Trio noch eine Indianerin hinzugefügt, die man an ihrem Federschmuck erkennen konnte.

»Glanz und Gloria der Kolonisierung, in Szene gesetzt von nackten jungen Frauen – das ist wirklich der Gipfel des politisch Unkorrekten!«, sagte Ophélie, die sich das Lachen nicht verkneifen konnte.

»Damals war es gewiss politisch sehr korrekt.«

»Ich frage mich, welche Kunstwerke von heute den Betrachtern im nächsten Jahrhundert ganz und gar nicht korrekt vorkommen werden …«

Hector war einmal mehr davon bezaubert, dass eine junge Frau schon solch ein Gespür für die verrinnende Zeit hatte. Gleichzeitig fiel ihm eines seiner ersten Gespräche mit Clara wieder ein, und das ließ ihn, während sie durch den großen Jardin du Luxembourg gingen, eine Weile lang verstummen.

Dann standen sie vor der Fassade des Palastes, am großen achteckigen Wasserbecken, auf dem die Kinder Segelschiffchen treiben ließen, die man stundenweise mieten konnte. Vor ein paar Jahrzehnten hatte Hector das selbst getan. Die kleinen bunt lackierten Holzschiffe verließen den steinernen Hafen, flitzten nach den Launen des Windes umher, kreuzten den Weg paddelnder Enten und blieben zum großen Kummer ihrer kleinen Kapitäne manchmal in der Mitte des Beckens stehen. Im schlimmsten Fall trieb es das Schiff unter den Strahl der zentralen Fontäne, und sein Segel geriet dann unter der herabschießenden Sturzflut in gefährliche Schieflage. Aber am Ende gab es immer einen kleinen Windstoß, der das Schiff an den Beckenrand wehte, wo das Kind, dem schon die Tränen in die Augen gestiegen waren, es wieder in Empfang nehmen konnte.

Hector dachte, dass diese kleinen Kreuzfahrten auf dem Wasserbecken ein recht gutes Sinnbild für ein glückliches Leben waren: Wir brechen voller Hoffnung auf, dann kommt es zu unvorhergesehenen Zwischenfällen und unausweichlichen Schicksalsprüfungen, aber endlich führt uns ein günstiger Wind in den sicheren Hafen – vorausgesetzt, wir haben uns unterwegs nicht schon versenken lassen.

Er sagte sich, dass das seine Aufgabe bei manchen Patienten war: Während sie darauf warteten, dass ein günstiger Wind zurückkam, musste er sie am Untergehen hindern.

Als er Ophélie erzählte, woran er gerade gedacht hatte, sagte sie: »Das ist ja lustig, mein Großvater hat es ganz ähnlich ausgedrückt! Aber glauben Sie, dass das Glück am Ende immer wiederkommt?«

»In den meisten Fällen schon.«

Und doch wusste er, dass es nicht stimmte; nicht immer

stellte sich das Glück wieder ein; aber warum sollte er Ophélie eine so traurige Vorstellung in den Kopf setzen? Er wollte ihren Optimismus nicht zerstören, denn die Optimisten sind ganz zu Recht optimistisch – sie haben, wie etliche Studien bewiesen, ein glücklicheres Leben als der Durchschnitt der Bevölkerung.

»Aber im Moment habe ich das Gefühl, dass ich mich noch gar nicht richtig vom Beckenrand entfernt habe«, sagte Ophélie.

»Vielleicht schon weiter, als Sie denken«, erwiderte Hector beinahe mechanisch, denn er hatte die Gewohnheit, ein freundliches Wort zu sagen, wenn die Leute Bemerkungen machten, mit denen sie sich selbst abwerteten.

Ophélie blieb einen Augenblick lang stumm und sagte dann, ohne Hector anzuschauen: »Glauben Sie wirklich?«

Hector spürte so etwas wie Verwirrung in ihrer Stimme, und dann warf ihm Ophélie einen kurzen Blick zu, und er sah, dass sie errötet war.

»Verdammt«, sagte sich Hector, »pass bloß auf!«

Wenn Hector Frauen begegnete, die viel jünger waren als er, dachte er normalerweise, dass sie in ihm sowieso nur einen angehenden Greis sahen, der harmlos und dazu noch verheiratet war, und dass es also nicht gefährlich werden konnte. Allerhöchstens konnte ihn kurz die Versuchung packen, aber bestimmt würde er ihr niemals erliegen, zumal dieses Gefühl natürlich auf seine Seite beschränkt bliebe.

Aber er hatte auch schon erlebt, dass es nicht immer so einfach war – besonders bei jungen Frauen, deren Väter sich einst kaum um sie gekümmert hatten oder früh gestorben waren. Auf diese Frauen schien Hector manchmal eine besondere Anziehungskraft auszuüben, also bemühte er sich, einen gewissen Abstand zu wahren, und vermied es bewusst, mit ihnen jene Art von Humor und Vertraulichkeit zu teilen, die manche Frauen verliebt macht, bevor sie es gemerkt haben.

Und plötzlich erinnerte er sich daran, was ihm der alte

François einmal gesagt hatte: Ophélie hatte ihren Vater verloren (den Schwiegersohn des alten François), als sie ungefähr zehn gewesen war – und dazu noch bei einem Schiffsunglück!

Damit das Schweigen nicht noch länger fortdauerte, begann er ihr schnell zu erzählen, wie er sich als kleiner Junge eines Wintertages in das eisige Wasser des großen Beckens gestürzt hatte, um inmitten entsetzter Enten sein Schiff selbst zurückzuholen, und über diese Geschichte musste Ophélie sehr lachen.

Hector erklärt sich

Am Abend saß Hector auf dem Wohnzimmersofa, las die Zeitung und trank Mineralwasser. Er versuchte, sich auf den Artikel zu konzentrieren, in dem keine guten Nachrichten standen – ein Ökonom schrieb, dass man zwischen hoher Arbeitslosigkeit und sehr niedrigen Löhnen wählen müsse –, aber die ganze Zeit war ihm mehr als bewusst, dass Clara zwar schwieg, ihn aber zu belauern schien. Normalerweise ließ sie ihn zu dieser Tageszeit in Ruhe, aber heute Abend nicht.

Vielleicht fand sie, dass er jetzt ja weniger Patienten pro Tag empfing und deshalb seine kleine Druckabbauphase nicht mehr verdient hatte? Oder quälte sie sich mit einer Sache herum, über die sie mit ihm sprechen wollte, und wagte es nicht, damit anzufangen?

Also sprach Hector jenen magischen Satz aus, der bei vielen Ehepaaren mit der Zeit in Vergessenheit gerät und der zeigt, dass man sich noch immer für den anderen interessiert.

»Chérie«, sagte er, »ist alles in Ordnung? Ich habe das Gefühl, dir liegt etwas auf der Seele.«

Clara schaute ihn überrascht an; dann wandte sie den Blick ab und meinte: »Nein … es ist alles gut.«

Aber selbst in den schlimmsten Momenten von Unaufmerksamkeit hätte Hector ihr diese Antwort nicht geglaubt, nicht, wenn sie in diesem Ton ausgesprochen wurde.

»Wirklich?«, fragte er. »Das kommt mir aber ganz anders vor.«

Und da setzte sich Clara in den Sessel ihm gegenüber, schaute ihm in die Augen und sagte, sie habe tatsächlich Sorgen.

Hector sah, dass ihr Tränen in den Augen standen. »Na komm, erzähl mir, was los ist.«

Clara verstummte wieder, als zögere sie noch, ihm zu sagen, was sie auf dem Herzen hatte. Und schließlich begann sie: »Heute Nachmittag habe ich den Bus genommen …«

Im ersten Moment dachte Hector, in diesem Bus hätte es einen Zwischenfall gegeben, und Clara wäre vielleicht Zeugin eines tätlichen Angriffs geworden – oder schlimmer noch, jemand hätte sie selbst angegriffen. Sein Herz pochte schneller, was uns beweist, dass es auch noch auf andere Dinge als das plötzliche Erscheinen einer schönen jungen Frau reagieren konnte.

Aber Clara redete schon weiter: »Ich wollte mir im *Bon Marché* Strumpfhosen kaufen und habe die Linie 89 genommen …«

Bis dahin hörte sich alles normal an. Das Warenhaus *Le Bon Marché* präsentierte die vielfältigsten Schätze und stand auch im Ruf, ein beinahe unerschöpfliches Angebot an Strumpfhosen und Socken zu haben.

»Und vom Bus aus habe ich dich gesehen.«

Hector brauchte einen Moment, ehe er begriff. Die 89 fuhr durch die Rue de Vaugirard, und da war er tatsächlich entlanggegangen, als er aus dem Jardin du Luxembourg gekommen war, und zwar mit –

»Du bist dort mit einer jungen Frau herumspaziert.« Clara hielt ihren Blick fest auf Hector geheftet.

»Aber Chérie, natürlich, das war doch Ophélie, die Enkelin des alten François. Ich hatte mich mit ihr verabredet …«

»Du hast dich mit ihr verabredet?!« Claras Augen schossen Blitze ab.

Hector setzte zu einer umständlichen Erklärung an und berichtete von dem Treffen mit dem alten François, zu dem Ophélie hinzu gekommen sei, und warum sie sich jetzt im Café Bullier getroffen hatten und davon, dass sie beide zufällig den gleichen Weg gehabt hatten, und das war die Wahrheit, nichts als die Wahrheit und die ganze Wahrheit. In Claras

Augen las er, dass sie ihm glaubte. Ihr Gesicht aber sah noch so unglücklich aus wie vorher.

»Also, ich bitte dich, da gibt es wirklich keinen Grund, besorgt zu sein.«

Hector war überrascht, denn eigentlich war Clara nicht besonders eifersüchtig, und nie zuvor hatte sie ihm gegenüber wegen einer anderen Frau solche Emotionen gezeigt.

Clara blieb sitzen.

»Verstehst du, Chérie? Mach dir keine Gedanken mehr, ja?«

Clara schaute ihm wieder in die Augen, und jetzt begannen ihr die Tränen das Gesicht hinabzulaufen: »… und ihr seid nebeneinander hergegangen …«

»Ja, natürlich, ich habe dir doch gesagt, dass sie auch in meine Richtung musste.«

Und plötzlich stand Clara auf und sagte: »Ihr habt so glücklich ausgesehen!«

Glücklich? Hector war perplex. Worüber hatte er in diesem Moment mit Ophélie gesprochen?

»Seit Monaten sehe ich mir dein unglückliches Gesicht an –«

Aber nein, wirklich, so unglücklich war er doch gar nicht …

»– und dort hast du so glücklich ausgesehen! So *glücklich*!«, stieß Clara zwischen zwei Schluchzern hervor und floh ins Schlafzimmer.

Hector hört zu

Zwei Tage später war Clara nach New York abgeflogen.

Sie können sich die Szene vorstellen – wie Clara Hector auf dem Flughafen ein letztes Mal in die Arme schloss, wie sie kaum ihre Tränen zurückhalten konnte und wie sie ihm sagte, dass er gut auf sich aufpassen solle und dass sie sich keine Sorgen machen werde. Das Thema Ophélie wagte natürlich keiner der beiden anzuschneiden: Clara nicht, weil sie nicht so dastehen wollte, als würde sie Hectors Worte in Zweifel ziehen, und Hector nicht, weil er nicht zeigen wollte, dass es keine ganz harmlose Sache war.

»Und wie läuft es mit Denise?«

Nach der Krise mit Clara interessierte sich Hector plötzlich brennend für die Ehen seiner Freunde, und so hatte er beschlossen, mit Robert einen Kaffee zu trinken.

»Ach«, meinte Robert, »wir wursteln uns so durch.«

Hector fand, dass dieser Ausdruck nicht gerade ein Synonym für Eheglück war, aber er traute sich nicht, weiter in Robert zu dringen.

Sein Freund drehte sich zum Ober, um ein Glas Weißwein zu bestellen, und ein alter, hinkender Kellner mit Sträflingsvisage brachte es ihm unverzüglich.

Es war zehn Uhr morgens. Sie saßen in einem Café direkt gegenüber vom Eingang der Salpêtrière – dem Krankenhaus mit Roberts Krebsstation. Hector hatte in jungen Jahren seine Zeit als Assistenzarzt in einem der Gebäude dieser großen Klinik absolviert, und zwar in derselben Psychiatrie, in der einst der berühmte französische Psychiater Charcot den jungen Sigmund Freud beeinflusst hatte; Freud hatte die Vorlesungen besucht, in denen Charcot seine Kranken präsentierte. Auch das zu einer Zeit, als Paris noch der Nabel der Welt gewesen war, dachte Hector.

Robert und Hector saßen auf der Glasveranda des Cafés, die sie vor der winterlichen Witterung schützte, obwohl der Frühling eigentlich schon begonnen hatte. Von dort hatten sie einen schönen Blick auf die Kuppel der Kapelle, eine herrliche Konstruktion jenes Architekten, der auch das unglaublich schöne Schloss von Vaux-le-Vicomte entworfen hatte. Dort war Hector als kleiner Junge mit seinen Eltern im Schlosspark spazieren gegangen – damals waren sie jünger gewesen als er heute. Es lohnte sich, die Kapelle des Krankenhauses zu besichtigen, aber die Touristen ließen sie links liegen. Denn obgleich die Salpêtrière eine großartige Abfolge von Gebäuden und Innenhöfen bildete, ganz nach dem Geschmack der Ära des Sonnenkönigs, blieb ein Krankenhaus doch ein Krankenhaus, und das machte den Leuten ein wenig Angst, weil es sie an die eigene Sterblichkeit erinnerte.

»Ich habe eine Geliebte«, sagte Robert plötzlich.

Hector war sich nicht sicher, ob er Genaueres wissen wollte. Aber Robert musste sich jemandem anvertrauen.

»Es ist so blöd«, sagte er, »der Klassiker. Die junge Frau, die den Chef bewundert. Ich konnte nicht widerstehen, obwohl ich es versucht habe …«

»Und jetzt?«

»Ich liebe Denise, ich möchte ihr nicht wehtun, ich will nicht, dass wir uns trennen … auch wenn sie mir manchmal auf die Nerven geht.«

»Und die andere?«

»Sie hat mir gesagt, dass sie die Situation akzeptiert, wie sie ist. Dass sie weiter nichts erwartet. Dass sie jung ist und glücklich mit dem, was sie hat.«

»Und glaubst du ihr das?«

»Ich denke, sie versucht, es sich selbst einzureden. Aber natürlich wird sie das nicht lange durchhalten, auch wenn es ihr nicht bewusst ist. Es ist ein wenig wie mit meinen Patienten, die nicht der Tatsache ins Auge sehen wollen, dass ihr Krebs sich verschlimmert.«

»So etwas nennt man ›Verleugnung‹.«

»Ach so? Das trifft es ganz gut. Ist es eine Krankheit?«

»Nein, eher ein Mittel, um sich zu schützen – es gibt eine unerfreuliche Realität, und man will nicht so genau hinschauen.«

»Genau davon hast du ja letztens beim Abendessen …«

»Nein, an dem Abend habe ich nicht von Verleugnung gesprochen, sondern von Unterdrückung. Das ist etwas anderes.«

»Das musst du mir erklären.«

»Verleugnung ist, wenn du nicht siehst, was dich stört; es ist dir überhaupt nicht bewusst.«

»Ja, ich verstehe. So wie bei meinen Patienten, deren Erkrankung sich trotz Therapie verschlimmert, die aber Pläne für ihren nächsten Urlaub schmieden.«

»Genau! Unterdrückung ist etwas anderes. Du weißt um die Realität, aber weil du sowieso nichts ausrichten kannst, vermeidest du es einfach, daran zu denken. So würde man unser Verhalten letztens beim Abendessen nennen.«

Robert hatte seinen Weißwein ausgetrunken. »Ich glaube, ich hätte gern öfter die Fähigkeit zur Verleugnung«, sagte er.

»Warum?«

»Um das alles nicht zu merken … Um zum Beispiel nicht zu merken, dass ich zu viel trinke.«

»Aber es ist besser, wenn du es merkst – dann wirst du versuchen, dich im Zaum zu halten!«

»Darüber hat übrigens dein Kollege schon mit mir gesprochen.«

»Der alte François?«

»Ja. Ich weiß nicht, woran er es gemerkt hat. Vielleicht bei jenem Abendessen, oder vielleicht hat er auch hier am Vormittag mal gerochen, dass ich ein Glas getrunken hatte. Morgens trinke ich nie mehr als ein Glas.«

»Du hast ihn vormittags hier getroffen?«

»Nein, nicht im Café! In meiner Abteilung. Er hält dort immer noch ein paar Sprechstunden für die stark deprimierten Patienten ab. Er hat mir nur gesagt: ›Robert, Sie sollten darauf achten, dass Sie nicht zu viel trinken, das ruiniert selbst die Besten!‹ Er hat mir sogar geraten, mit dir darüber zu sprechen, was ich ja jetzt getan habe!«

Innerhalb von zehn Minuten hatte Robert gestanden, dass er seiner Frau untreu war und ein Alkoholproblem hatte. Hector war überrascht, denn normalerweise war sein Freund jemand, der stets ein Lächeln auf den Lippen behielt, der aufmerksam zuhörte, ohne zu viel von sich selbst preiszugeben, und der gern Späße machte, um die Situation zu entspannen.

»Hast du vielleicht auch Lust, ein neues Leben anzufangen?«, erkundigte sich Hector.

»In gewisser Weise schon. Ich trage in dieser großen Krankenhausabteilung zu viel Verantwortung auf meinen Schultern. Ich verbringe zu viel Zeit mit Konferenzen mit den Leuten von der Verwaltung, ich muss dauernd um unser Budget kämpfen oder Tätigkeitsberichte schreiben. Eigentlich wäre ich am liebsten wieder ein kleiner Assistenzarzt, der sich nur um die Medizin und um seine Patienten kümmert.«

»Also sind es nicht die Patienten, die dich so erschöpfen?«

»Sagen wir mal, sie erschöpfen mich in vertretbarem Maße ... Aber der Rest bringt das Fass zum Überlaufen!«

»Und wenn du von deinem Posten als Chefarzt zurücktrittst? Du könntest dann einfach als Arzt weiterpraktizieren.«

Robert lächelte traurig. »Daran habe ich auch schon gedacht. Aber leider finde ich auch Gefallen daran, Chef zu sein. Und wahrscheinlich an den bewundernden Blicken meiner jungen Mitarbeiterinnen ... Wahrscheinlich hängt man mit den Jahren immer mehr an seinen Posten und Titeln, weil alles Übrige den Bach heruntergeht!«

»Das nennt man Kompensation«, sagte Hector. »Man kniet sich in einen Bereich richtig hinein, um auszugleichen, dass man auf den übrigen Gebieten immer schwächer wird. Das ist auch ein Abwehrmechanismus.«

»Ach, wirklich? Aber wenn du dir dabei völlig im Klaren bist, weshalb du diese Kompensation betreibst, funktioniert es dann trotzdem?«

»Wahrscheinlich weniger gut.«

Robert war tatsächlich kein Meister der Verleugnung, er litt eher an einem Übermaß an Klarsicht, woraus sich auch sein Bedürfnis nach einem Betäubungsmittel erklären mochte – etwa jenem Glas Weißwein, das er gerade ausgetrunken hatte.

Hector nahm sich vor, in seinem Buch über ein neues Leben eine Bemerkung darüber zu machen: *Übertreiben Sie es nicht mit Ihrem Scharfblick; ein wenig Verleugnung hilft beim Leben – oder besser noch, wenn Sie das hinbekommen, ein wenig Unterdrückung.*

Robert wandte sich zum Kellner um und gab ihm ein Zeichen.

»Hast du nicht gesagt, morgens nie mehr als ein Glas?«

»Ja, du hast recht …« Und mit sichtlichem Bedauern stornierte er seine Bestellung wieder.

Wie die Therapie à la française weiterging

»Haben Sie schon mal den Kalbskopf mit Kräutersoße probiert?«

»Kalbskopf habe ich seit Jahren nicht gegessen«, sagte Hector.

»Ich kann ihn nur empfehlen«, meinte der alte François, »auch wenn es auf dem Teller etwas barbarisch aussieht – all dieses in Scheiben geschnittene Hirn …«

Sie saßen auf einer mit rotem Samt bezogenen Bank in einem Restaurant im Theaterviertel, diesmal also am rechten Seineufer. Der alte François hatte vorgeschlagen, dass sie sich zu einem gemeinsamen Abendessen trafen.

»Denken Sie nur – dieses Viertel war das Zentrum des Pariser Nachtlebens! All die Bühnen!«

»Ich gehe nie ins Theater«, sagte Hector.

»Ah, lieber Freund, da entgeht Ihnen etwas! Nach dem Krieg war ich jeden Abend hier – oder jedenfalls fast jeden. Manchmal spürte man im Zuschauerraum so eine gewisse Magie …«

Hector wusste, dass es diese Magie des Theaters wirklich gab, aber nach einem langen Arbeitstag in seiner Praxis war es ihm einfach zu viel, inmitten von lauter Menschen auf einem zu kleinen Klappsessel sitzen zu müssen. Bestimmt entging ihm etwas, aber das war schon wieder ein Zeichen dafür, dass er nicht mehr jung war – er akzeptierte es, dass ihm in den verbleibenden Lebensjahren eine Menge Dinge entgehen würden.

»Na gut. Wie geht es Ihnen denn, seit wir uns das letzte Mal gesehen haben?«

»Seit ich weniger Patienten empfange, bin ich nicht mehr so gereizt. Aber trotzdem habe ich den Eindruck, ziemlich am Ende meiner Kräfte zu sein. Ich habe immer noch Mühe, mich auf die Patienten zu konzentrieren ...«

Der alte François nickte. »Vielleicht praktizieren Sie ja einen zu anspruchsvollen Therapiestil?«

Hector ließ sich das durch den Kopf gehen. Wahrscheinlich hatte der alte François recht. Im Studium hatte man Hector ziemlich methodische Therapien beigebracht, deren Ideal in einer langen Kette von guten Fragen bestand, mit denen man die Patienten mit fast sokratischer Methode dazu führte, ganz allmählich ihre Sichtweise und dann auch ihr Verhalten zu ändern. Das war zwar gründlich, aber auch anstrengend für den Therapeuten; man musste sich permanent konzentrieren, und oft hatte man den Eindruck, nicht die richtige Frage gestellt zu haben.

»Vielleicht ist es auch an der Zeit, dass Sie Ihre Palette erweitern? Eine Ausbildung in existenzieller Therapie? Leitung von Therapiegruppen? Ein Kurs in interpersoneller Psychotherapie? Die übrigens gar nicht weit von dem entfernt ist, was Sie ohnehin machen ...« Während der alte François dies sagte, studierte er die Speisekarte, und es sah so aus, als würde er die Namen all jener Therapien von dort ablesen.

»Dialektisch-behaviorale Therapie? Hypnose nach Erickson?« Das waren recht gute Ideen, aber Hector blieb zögerlich. Plötzlich schoss ihm ein anderer Gedanke durch den Kopf: »Ich könnte ja auch mit den Gesprächstherapien aufhören und mich mit der medizinischen Seite begnügen. Medikamente verschreiben, ein paar Hinweise geben ...«

Nicht wenige seiner Fachkollegen hatten eine solche Wendung vollzogen: Zuhören, Rückhalt und Medikamente. So konnte man seine Einkünfte steigern, denn die Sitzungen dauerten nicht mehr so lange, und man konnte mehr Patienten pro Tag empfangen. Außerdem brauchten sie nicht so häufig wiederzukommen. Und die anstrengende Gesprächstherapie überließ man einem Kollegen, den die Leute noch nicht so ermüdet hatten, oft einem jüngeren.

»Selbstverständlich«, sagte der alte François und sah von der Speisekarte auf, »aber ich frage mich, ob das Ihnen gemäß wäre.«

Plötzlich fiel Hector auf, dass der alte François die Speisekarte ohne Brille las! Wo doch er selbst es schon nicht mehr ohne schaffte!

Und wieder hatte er den merkwürdigen Eindruck, dass sein alter Freund sich verjüngt hatte, gerade im gedämpften Licht dieses Restaurants, dessen Ausstattung sich seit der Belle Époque nicht verändert hatte. Auch die Kellner waren wohl noch so angezogen wie damals. Der alte François hatte Hector erklärt, dass dieses Restaurant, *Le Petit Riche* – ›Der kleine Reiche‹ –, für ihn tatsächlich reich an Erinnerungen an viele Soupers nach dem Theater war und dass er die intime und gemütliche Atmosphäre dieser Flucht von kleinen Salons liebte. Es war, als folgten viele kleine Restaurants aufeinander, und das Ganze wurde von Jugendstillampen erhellt.

»Hier habe ich das Gefühl, die Zeit wäre stehen geblieben.«

Hector fand, dass die Zeit für den alten François nicht stehen geblieben war, sondern dass sie begonnen hatte, rückwärtszulaufen. An diesem Abend hätte man meinen können, dass sich sein Kollege vom verkehrten Ende her auf die sechzig zubewegte – und dabei war er gute zwanzig Jahre darüber hinaus! Es war dermaßen erstaunlich, dass Hector nicht wagte, ihm dazu eine Frage zu stellen, denn er fürchtete sich fast vor der Antwort.

»Es wird Sie nicht überraschen, wenn ich Ihnen sage, dass Ihre Müdigkeit wahrscheinlich auch von der Art der Beziehung herrührt, die Sie zu Ihren Patienten aufbauen. Andererseits haben Sie gerade dadurch so viel Erfolg.«

»Mag sein«, erwiderte Hector, »aber das kommt von innen heraus, es liegt sowohl an meiner Persönlichkeit als auch an meiner Ausbildung. Es wird schwierig sein, daran etwas zu ändern.«

Der alte François lächelte, und Hector spürte, dass er eine Idee im Hinterkopf hatte.

Der Kellner, ein junger Schnauzbärtiger, der ein Held aus Maupassants Büchern hätte sein können, brachte ihnen die Vorspeisen: Der alte François hatte einen Salat aus grünen Linsen und Speckwürfeln genommen. (Lag das Geheimnis der Verjüngung womöglich in den Linsen? Hector erinnerte sich, dass sein Freund schon im Lutetia welche zum Pot au feu bestellt hatte.) Hector selbst bekam burgundische Schnecken mit Knoblauch. Er wollte sehen, ob ihm dieses Gericht, das er seit seinem Medizinstudium nicht mehr gegessen hatte, immer noch schmeckte. Außerdem war Clara verreist, also war es nicht weiter tragisch, wenn er noch am Frühstückstisch nach Knoblauch roch.

»Ich glaube, mit den Jahren werde ich immer ungeduldiger«, sagte Hector. »In unserem Bereich vollziehen sich Veränderungen ja nur langsam. Außerdem sehe ich heute weniger Schwerkranke als früher, denn sie verteilen sich auf mehr Psychiater. Mit denen war es zwar anstrengend, aber niemals langweilig!« Er musste dabei an Roger denken.

»Und wenn Sie ans Krankenhaus zurückkehren?«, schlug der alte François vor. »Arbeit im Team und Patienten, die wirklich in Not sind?«

Hector hatte auch schon daran gedacht. Aber zunächst einmal hätte er bereit sein müssen, nur noch die Hälfte zu verdienen, und dann war er schon so lange aus dem Krankenhaussystem ausgeschieden – er hätte keine Chance gehabt, in Paris eine Stelle zu bekommen, sondern bestenfalls in einem Vorort weit außerhalb.

»Aber was ich liebe, das ist Paris«, sagte Hector und merkte plötzlich, dass er dieselben Worte verwendet hatte wie Roger.

Der alte François verzog die Mundwinkel und legte den

Kopf ein wenig zur Seite, was bedeuten sollte: »Selbstverständlich, daran kann man nicht rütteln.«

Der Kellner hatte die Vorspeise abgeräumt und trug nun das Hauptgericht auf, den Kalbskopf.

Der alte François häufte sich mit sichtlichem Appetit die Scheiben von Zunge, Hirn, Knorpel und Muskeln auf den Teller, zu denen es gedämpfte Kartoffeln gab, die tatsächlich noch dampften. So konnte man sich den Kopf des Kalbes zum Glück nicht mehr vorstellen. »Jedes Mal, wenn ich dieses Gericht wähle, schrecke ich einen Moment davor zurück«, sagte er. »Haben Sie schon mal so ein Kälbchen gesehen?«

»Natürlich«, sagte Hector und fragte sich, ob man denn ausgerechnet jetzt darüber reden musste.

»Aber es schmeckt dermaßen gut, dass ich nicht widerstehen kann. Ich pfeife auf meine Skrupel, für ein paar Augenblicke jedenfalls …«

Eine Zeit lang saßen sie schweigend da und aßen, denn der Kalbskopf durfte nicht kalt werden, wenn die Sauce Gribiche sich richtig mit ihm verbinden sollte.

»Wissen Sie«, meinte der alte François dann, »ich bin mir sicher, dass man den Verzehr von Säugetieren einige Generationen nach uns ebenso barbarisch finden wird, wie unsere Generation die Sklaverei abstößt. Dabei haben unsere Vorfahren sie noch völlig normal gefunden.«

»Und was ist mit Fisch?«

»Das wird vielleicht noch ein paar Generationen länger dauern … und dann bleiben uns ja immer noch Austern und andere Schalentiere!«

Der alte François sprach von dieser fernen Zukunft so, als würde er sie selbst noch erleben. Es war zwar nur eine Redensart, aber als Hector auf seine Hände schaute, die kaum Falten hatten, fragte er sich wirklich, ob sein Kollege nicht auf ein gut gehütetes Geheimnis anspielte.

»Ich finde, Sie sind unglaublich gut beieinander«, meinte er schließlich.

»Ah, denken Sie?«, sagte der alte François und schaute Hector an.

»Ja, man könnte sogar sagen, dass Sie immer jünger werden.«

Der alte François blickte Hector unverwandt an und schien zu überlegen, was er ihm antworten solle. Plötzlich entfuhr seiner Brust ein leises, silberhelles Geräusch.

Es war sein Handy, er zog es aus der Brusttasche, und sein Gesicht hellte sich auf. »Ophélie! … Aber ja doch, gesellt euch zu uns!«

Hector versuchte, nicht auf die Woge von Wohlgefühl zu achten, die ihn plötzlich durchströmte. Aber es klappte nicht, denn vielleicht war auch er nicht besonders begabt für Verleugnung.

»Die beiden kommen aus dem Theater«, sagte der alte François.

»Die beiden?!«

»Ophélie und ihr Verlobter. Na ja, eigentlich sind sie nicht verlobt, aber ich weiß nicht, wie man es heutzutage nennt – ihr Boyfriend? Warum aufs Englische zurückgreifen? Ihr Freund? Ihr Macker? Was für lächerliche Ausdrücke, wenn man bedenkt, dass die Liebe eine tragische Angelegenheit ist. Ihr Geliebter? Das klingt wieder zu technisch. Jedenfalls sehnt sich dieser junge Mann nach nichts anderem, als Ophélies Verlobter zu werden. Er wäre übrigens eine gute Wahl …«

Hector war erleichtert. Wenn es diesen künftigen Verlobten gab, war das doch ein beruhigendes Zeichen dafür, dass sich Ophélie keinesfalls zu angehenden Greisen hingezogen fühlte.

»Und im Übrigen, lieber Freund, wollte ich Ihnen noch dafür danken, dass Sie Ophélie ein wenig Zeit gewidmet haben. Sie war sehr zufrieden mit dem Interview!«

»Es war mir wirklich ein Vergnügen …«

Der alte François betrachtete Hector mit nachdenklicher

Miene. »Aber ich glaube, dass Sie ihr noch weiter helfen könnten, indem Sie ihr die Psychiatrie vor Ort zeigen, die mit den Sozialfällen, den chronischen Psychotikern, wissen Sie, was ich meine?«

»Ja, natürlich.«

»Ophélie ist ein wunderbarer Mensch, aber manchmal sage ich mir, dass sie ein wenig zu behütet groß geworden ist … Ausgenommen natürlich den Tod ihres Vaters … Ein Bootsunglück, hatte ich Ihnen das erzählt?«

Und der alte François berichtete ihm, wie mitten in der Nacht ein schlecht gesteuerter Trawler die hübsche Segeljacht versenkt hatte, auf der Ophélies Vater und seine Freunde unterwegs gewesen waren. Statt sich selbst zu retten, war er in die Kabine hinabgeklettert, um den übrigen Mannschaftsmitgliedern zu helfen. Am Ende aber hatte er nicht mehr die Zeit gehabt, selbst noch herauszukommen.

Hector dachte an die Schiffchen im Jardin du Luxembourg und an das, was er Ophélie über das Glück gesagt hatte. Sie hatte sehr früh lernen müssen, dass das Glück am Ende nicht immer zurückkommt – und der Papa auch nicht.

»Immerhin sieht es so aus, als hätte sie es sehr gut überwunden«, sagte der alte François. »Hätten Sie denn eine Idee, wo sie die Psychiatrie vor Ort kennenlernen könnte?«

»Vielleicht könnte ich sie in eine Ambulanz in eine der Hochhaussiedlungen mitnehmen?«

»Wunderbar!«, meinte der alte François.

Aber Hector, der noch daran dachte, wie er auf die Nachricht von Ophélies baldiger Ankunft reagiert hatte, fragte sich, ob es wirklich so eine wunderbare Idee war.

Hector wird unruhig

Hector ließ sich noch ein Glas Crozes-Hermitage bringen, weil er hoffte, der Wein würde seinen Knoblauchatem überdecken. Er saß Ophélie genau gegenüber; sie hatte auf der Bank neben ihrem Großvater Platz genommen, während der Verlobtenanwärter, ein gut aussehender junger Mann mit ernsthaftem Gesicht, einen Stuhl zu Hector herangerückt hatte und mit trauriger Miene ein Glas Wein mittrank.

Ophélie und er waren gerade aus dem Theater gekommen, wo sie einen der großen Klassiker gesehen hatten, *Bérénice* von Racine, aber in einer modernen Adaption, bei der die Figuren in Straßenanzügen herumliefen und zwischen den Akten Musik gespielt wurde, die für diese Inszenierung komponiert worden war.

»Zum Glück haben sie den Text nicht verändert«, meinte der junge Mann, der Antoine hieß.

»Mögen Sie Racine?«

Ein junger Mann aus dieser Generation, der sich mit einem französischen Klassiker gut auskannte, war selten, aber Hector hatte mittlerweile begriffen, dass Antoine vom ernsthaften Schlag war. Er beendete gerade seine Doktorarbeit in Genetik am Institut Pasteur – schon das Thema hatte Hector nicht ganz verstanden. Dazu war er ein Tennisass (»Er ist sogar in der nationalen Rangliste!«, hatte Ophélie stolz verkündet), spielte Klavier, um sich zu entspannen, und las wie Robert vor dem Einschlafen die Philosophen, allerdings eher die Neoplatoniker. Antoine schien sowohl mit seinen Genen als auch mit seiner Erziehung Glück gehabt zu haben. Aber im Moment reichten alle diese Trümpfe nicht aus, um Ophélie zu bezaubern. Die schien ganz im Gespräch mit ihrem Großvater aufzugehen und warf Hector hin und wieder einen Blick zu, der zu besagen schien: »Haben Sie nur ein wenig Geduld ...«

»Ah ja«, sagte der alte François, »ich habe mindestens vier Inszenierungen von *Bérénice* gesehen, die erste im Jahr ... aber das sage ich hier lieber nicht!«

»Als du auf dem Gymnasium warst, Großvater?«

»Ja, und später noch eine andere denkwürdige Aufführung direkt nach dem Krieg.« Er nannte die Namen der Schauspieler, bei denen Hector noch das eine oder andere Gesicht vor Augen hatte, während sie für Ophélie und Antoine offenkundig Unbekannte waren.

»Stellenweise habe ich es sehr berührend gefunden«, sagte Ophélie. »Beinahe magisch ...«

»Sehen Sie, lieber Freund«, sagte der alte François zu Hector.

»Bloß schade, dass die Sitze so unbequem sind«, meinte Antoine, der ein wenig größer als Hector war.

Auch Ophélie hatte ein Glas Crozes-Hermitage getrunken; der Wein hatte ihre Wangen gerötet, und ihre Augen glänzten. Sie sah wunderbar aus, und Hector verspürte Mitleid mit Antoine.

Leidenschaftlich verliebt zu sein ... Hector wusste nicht, ob er Sehnsucht nach diesem schmerzhaften Zustand hatte, der ein Vorrecht der Jugend war. Er erinnerte sich an ein Wort von Balzac: »In der Liebe gibt es immer einen, der leidet, und einen, der sich langweilt.«

Ophélie wirkte im Gespräch nicht so, als würde sie sich langweilen, und doch sah es auch nicht so aus, als wäre sie Antoine so leidenschaftlich zugetan wie er ihr.

»Ah«, sagte der alte François, »wenn Titus Bérénice die Trennung verkündet ...

Wohl weiß ich um die Qual, der ich anheimgegeben,
Und fühl, unmöglich ist's, von Euch getrennt zu leben,

Fühl, wie mein eigen Herz sich von mir abgetan;
Doch leben gilt es nicht, regieren gilt's fortan.«

»Bravo«, sagte Ophélie, die entzückt davon war, wie ihr Großvater für einige Sekunden den Blick und den Tonfall eines tragischen Helden angenommen hatte.

»Diese Passage liebe ich sehr«, sagte der alte François. »Titus teilt Bérénice mit, dass er ihrer Liebe entsagen muss, um Kaiser von Rom bleiben zu können. Die Römer hätten es nämlich nicht toleriert, wenn in der Liste der Kaiserinnen plötzlich eine Art Palästinenserin gestanden hätte.«

»Liebe und Pflicht«, sagte Ophélie. »Ich frage mich, ob dieser Konflikt noch aktuell ist. Heute entscheiden sich doch alle für die Liebe ...«

»Da täusche dich nur nicht, liebe Ophélie«, sagte der alte François und schaute Hector an. »In unser aller Leben gibt es Augenblicke, in denen wir diese schwierige Wahl treffen müssen.«

Plötzlich spürte Hector, wie er rot wurde. Konnte es sein, dass der alte François ... Er führte schnell sein Weinglas an die Lippen.

»Das Erstaunliche an dieser Tragödie ist«, sagte Antoine, »dass sie allen Regeln der Dramaturgie zuwiderläuft.«

»Aber die Einheit des Ortes, der Zeit und der Handlung wird doch beachtet, oder?«, meinte Ophélie mäßig interessiert. »Und das sind doch die Regeln der Tragödie, nicht wahr?«

»Ja, natürlich ...«, sagte Antoine, um Ophélie nicht widersprechen zu müssen. (*So halt doch dagegen, du Unglückseliger!*, dachte Hector.) »Aber ... aber Racine hat absichtlich auf jedes Spannungsmoment verzichtet. Wir wissen von Anfang an, dass Titus Bérénice verlassen muss und dass er es ihr verkünden wird. Nun ja, er verkündet es ihr, und sie gehen auseinander. Keine unerwartete Wende, nichts Unvorhergesehenes. Und trotzdem sind wir ergriffen.«

»Ja«, sagte der alte François, »denn es ist ein Spiel der Emotionen im Reinzustand, und das in einer Sprache, die immer noch zu uns dringt.«

»Im Grunde ist es ein Stück über einen verweigerten Neuanfang im Leben«, sagte Hector.

»Ganz genau!«, rief der alte François. »Titus lehnt es ab, ein neues Leben zu beginnen, er will seine Karriere nicht für die Liebe aufgeben. Er tut das Gegenteil von dem, was viel später Edward VIII. getan hat …«

Ophélie war dieser König aus dem letzten Jahrhundert offenbar ferner als Titus, der römische Kaiser.

»Ja, liebste Ophélie, der war König von England, als ich klein war. Er hat aus Liebe zu einer amerikanischen Abenteurerin abgedankt, die noch geschieden war.«

»Und auch nicht besonders treu«, ergänzte Hector.

»Aber ihre Ehe hat gehalten, mein Freund. Sie wissen ja, was Sacha Guitry dazu gesagt hat?«

»Zu dem Thema hat er so einiges gesagt.«

»Ja, aber hören Sie sich das bloß mal an: Die Ketten der Ehe sind manchmal so schwer, dass man sie nur zu dritt tragen kann.«

Ophélie und der alte François brachen in Gelächter aus. Hector und Antoine stimmten erst nach kurzem Zögern mit ein. Der sanfte Schein der Jugendstillampen ließ den Wein in den Gläsern funkeln; Antoine schaute Ophélie an, Ophélie schaute Hector an, Hector schaute den alten François an, und der alte François schaute sich auf einer Schiefertafel, die der Kellner gerade gebracht hatte, die Auswahl an Desserts an.

»Das ist der Moment, an dem ich anders als Titus meine Pflicht vergesse!«, sagte er.

Hector dachte, dass dies ein schöner Augenblick französischer Kultur war, wie man ihn sich im Ausland vorstellt: Rotwein, Gespräche, Jean Racine und dazu noch die Liebe … Und plötzlich besann er sich auf einen anderen Vers. In der letzten Szene sagte Bérénice zu Antiochus:

Ahmt Titus, ahmet mir im Lieben nach und Leiden:
Ich lieb ihn und ich scheid. Er liebt und lässt mich scheiden.

Wäre es nicht besser gewesen, wenn er von Ophélie geschieden wäre?

Aber nein, das ging jetzt nicht mehr, schließlich hatte er dem alten François versprochen, seiner Lieblingsenkelin zu helfen.

Und überhaupt war Hector sich ganz sicher: Die Bewunderung einer jungen Frau – in diese allzu klassische Falle würde er gewiss nicht tappen! Er würde niemals einen Schritt auf Ophélie zugehen, die zu alledem ja auch noch die Enkeltochter seines Freundes war.

Aber vor allem war ihm die Liebe zu Clara genauso wichtig, wie es Titus die Liebe zu Rom gewesen war.

Jenseits des Boulevard Périphérique

»Und seitdem ward er nicht mehr gesehen, Ihr Roger«, sagte Hectors Kollege.

Er trug Socken in seinen Campingsandalen, dazu eine Handwerkerhose mit jeder Menge Taschen, die seltsam ausgebeult waren, und ein graues Wollhemd von der Art, wie man sie in Versandhauskatalogen findet. Hier und da sah man Spuren von Zigarettenasche auf dem Stoff. Es war schwer zu sagen, ob er einen kurzen Bart trug oder in den letzten Tagen nur vergessen hatte, sich zu rasieren. Seine etwas fettigen Haare, die ihm bis zu den Schultern reichten, gaben ihm das Aussehen eines alten Folkbarden.

Auf diese Weise stach Hectors Kollege kaum von den Patienten ab, die auf den Fluren der Ambulanz herumirrten. Sie waren kaum schlechter frisiert oder gekleidet als er, aber manche hatten einen natürlichen Afrolook, was dem Psychiater natürlich verwehrt geblieben war. Hector fiel dieses Phänomen nicht zum ersten Mal auf: Manche Psychiater beginnen den Leuten, um die sie sich kümmern, bei flüchtigem Hinsehen zu ähneln. Bei ihm selbst war es genauso, denn er rasierte sich jeden Morgen und warf sich in Schlips und Kragen, um seine Patienten aus der Innenstadt zu empfangen.

Ophélie musste sich das Lachen verbeißen, als sie seinen Kollegen erblickte; dann aber setzte sie eine ernste Miene auf, um ihm zuzuhören, und vermied dabei, zu Hector hinüberzuschauen, um nicht doch noch losprusten zu müssen.

»Ich denke, er könnte sich hier eingewöhnen«, sagte Hectors Kollege. »Auf jeden Fall könnte er ja vorbeischauen, wann immer er will.«

Hinter seinen halbmondförmigen Brillengläsern sah man einen Blick, in dem Verständnis und Wohlwollen lagen – zwei notwendige Eigenschaften, wenn man es mit Patienten zu tun hat, die sowohl an chronischen Krankheiten als auch unter sozialen Problemen leiden. Ophélie und Hector waren in die Ambulanz gefahren, die sich um Roger kümmern sollte, wenn er seine neue Wohnung bezogen hatte. Und tatsächlich war Roger vergangene Woche schon einmal vorbeigekommen; er hatte ein Gespräch mit dem Psychiater geführt und dann abrupt wieder kehrtgemacht, wobei er erklärt hatte, er wolle Jerusalem befreien.

»Ich bin mir nicht sicher, ob er wirklich im Wahn war oder mich nur auf den Arm nehmen wollte«, sagte Hectors Kollege.

»Bei ihm weiß man nie so recht«, meinte Hector.

Als Hector und Ophélie aus dem Zug gestiegen waren, hatten sie gleich bemerkt, dass das Christentum in diesem Stadtviertel nicht mehr die dominierende Religion war, und Hector hatte sich gesagt, dass dies bestimmt keinen guten Einfluss auf Rogers Wahnvorstellungen haben würde. Auch früher hatte er sich schon berufen gefühlt, die heiligen Stätten zu befreien.

»Mir macht am meisten Sorgen, dass er wahrscheinlich seine Medikation abgebrochen hat«, sagte Hector. »Beim letzten Mal konnte ich ihn zwar dazu bringen, wenigstens ein bisschen was zu schlucken, aber …«

Der Psychiater nickte. Beiden war klar, welche Folgen ein Abbruch der Behandlung für einen Patienten wie Roger haben würde.

»Und hat er seine neue Wohnung schon gesehen?«

»Ja, er ist mit unserer Sozialarbeiterin hingegangen.«

»Können wir mit ihr sprechen?«

»Selbstverständlich.«

Eulalie, die Sozialarbeiterin, stammte von jenen Inseln, die der Sonnenkönig in seiner Gnade mit Sklaven von angenehmem Naturell bevölkert hatte; am Ende waren sie ein Teil der Französischen Republik geworden. Eulalies Lächeln erinnerte Hector daran, dass er einst auf eine benachbarte, aber unabhängige Insel gereist war, wo er in Lebensgefahr geraten war, aber auch eine Frau kennengelernt hatte, die es mit der Liebe nicht so tragisch nahm und der Eulalie ein wenig ähnelte.

»Also ehrlich«, sagte sie, »ich weiß nicht, ob er sich bei uns eingewöhnen kann. Aus Paris fortgehen und hier landen …«

»Und wie war er in Ihrer Gegenwart?«

»Oh, kein Problem, wir haben ein paar harmlose Worte gewechselt. Aber als ich ihm die kleine Wohnung gezeigt habe, hat er gemurmelt: *Der Herr hat's gegeben, der Herr hat's genommen; der Name des Herrn sei gelobt!*«

»Kommt mir irgendwie bekannt vor«, sagte Hector.

»Es ist aus dem Buch Hiob«, sagte die Sozialarbeiterin lächelnd, und Hector fiel wieder ein, dass die Kinder auf jenen Inseln noch in die Messe gehen.

»Und wie viele Patienten betreuen Sie hier?«, wollte Ophélie wissen.

»So um die hundert ambulante. Wenn sie einen Rückfall haben, liefert man sie ins kommunale Krankenhaus ein.«

Das war ein großer hässlicher Kasten aus dem vergangenen Jahrhundert. Auf dem Herweg hatten sie es flüchtig gesehen; es lag direkt an der Schnellstraße.

Ophélie stellte der Sozialarbeiterin noch ein paar Fragen. Als gute Journalistin hatte sie ihr Notizbuch gezückt und schrieb sich manches auf. Hector ließ die beiden allein und ging noch einmal zu seinem Kollegen, der sich gerade eine Zigarette rollte und dabei auf die Wandtafel schaute, auf der sich die Kranken, die vorbeischauten, für Kurse eintrugen.

»Die Situation ist schwierig«, sagte Hector. »Nicht nur, dass er seinen letzten Termin bei mir versäumt hat – auch sein Pfarrer, mit dem er sonst regelmäßig spricht, hat ihn nicht mehr gesehen. Und angerufen hat er auch nicht.«

»Ja, echt schwierig. Und in seiner alten Wohnung in Paris?«

»Der örtliche Krankenpfleger hat vorbeigeschaut, aber auch die Nachbarn hatten ihn schon seit Tagen nicht gesehen. Daraufhin hat der Pfleger die Polizei benachrichtigt.«

»Aber auf mich hat dieser Roger ganz in Ordnung gewirkt«, sagte Hectors Kollege.

»Ja, sicher, aber ohne seine Medikamente …«

Die Vorstellung, Roger könnte allein durch Paris irren, gefiel Hector ganz und gar nicht. Womöglich würde er einen Zwischenfall provozieren und dann ein neues Leben anfangen müssen, das schlimmer war als jenes, das man für ihn vorgesehen hatte.

Hector stößt etwas zu

Ophélie war zufrieden. Sie berichtete Hector, was sie alles gesehen hatte – den Raum für die Kunsttherapie, in dem Werke hingen, die man in einer Galerie für zeitgenössische Kunst hätte verkaufen können, sofern man ihre Herkunft verschleierte; den Gesprächsklub, in dem die Patienten im Kreis saßen und mit einem Psychologen wieder lernten, über ein Thema ganz normal zu reden (eine Fähigkeit, die sie seit dem letzten schlimmen Ausbruch ihrer Krankheit ein wenig verloren hatten), und noch andere Gruppen, deren Stundenpläne an der Wandtafel ausgehängt waren.

»Ich habe verstanden, dass man ihnen wieder beibringt, wie man lebt, wie man sich in der Außenwelt behaupten kann.«

»Ja, denn Medikamente sind zwar notwendig, aber nicht ausreichend.«

»Aber finden sie denn wieder Arbeit?«

»Das ist ja das Problem«, sagte Hector. »In unserer Gesellschaft gibt es fast keine Arbeit mehr für sie.«

Sie begannen über die Anforderungen der modernen Gesellschaft zu reden, in der es ganz anders lief als einst auf dem Dorf, wo man noch in der Familie arbeitete und ein jeder auf dem Bauernhof mithelfen konnte. Dieses Thema schien Hector unverfänglich zu sein; jedenfalls war es besser, als über Liebestränke zu sprechen. Doch plötzlich fiel ihm ein Trupp von drei Jugendlichen auf, die gerade den Bahnsteig betreten hatten. Sie hatten Ophélie schon ins Auge gefasst und machten sich durch Rippenstöße gegenseitig auf sie aufmerksam.

Hector und Ophélie hätten mitten am Nachmittag vielleicht nicht auf dem Bahnsteig eines Problemvororts warten sollen. Aber die Taxis, die sie zu rufen versucht hatten, waren erst viel später frei gewesen, und eine Heimfahrt mit dem Zug schien ihnen eine vernünftige Lösung zu sein, denn sonst hätten sie warten müssen, bis jemand vom Krankenhaus sie zu einem Taxistand begleitete. Es hätte sie auch niemand nach Arbeitsschluss mit dem Auto mitnehmen können, denn von den Angestellten der Ambulanz konnte sich keiner eine Wohnung in Paris leisten.

Hector hatte sich gesagt, es sei ja noch gar nicht so spät am Tag, der schlechte Ruf dieser Vorortzüge sei ohnehin übertrieben, und die meisten jungen Leute, die in dieser Gegend wohnten, seien ganz gewiss keine Monster, sondern wollten einfach studieren oder arbeiten, also ein normales Leben führen. Und sowieso bauschten die Medien alles auf.

Aber jetzt spürte er die höhnischen und aggressiven Blicke jener drei jungen Männer und stellte auch fest, dass der Bahnsteig beinahe leer war. Die wenigen Wartenden – Frauen oder ältere Herren – achteten darauf, die Dreiergruppe nicht anzuschauen. Das beunruhigte Hector, denn diese Leute mussten von hier sein und kannten die drei wahrscheinlich.

Schließlich kam einer von ihnen, der offensichtlich der Anführer war, auf Hector und Ophélie zu; die beiden anderen eskortierten ihn mit ein paar Schritten Abstand.

»Wow, Alter, nicht übel, deine Tusse!«

Diese Worte hätten harmlos und sogar schmeichelhaft sein können, aber Hector sah, dass im Blick des Anführers böse Absicht lag – und vor allem die Freude des Psychopathen, der einem anderen Angst machen kann. Es war so ein Blick, dem man in einer Vorstandssitzung genauso begegnen kann wie auf einem halb leeren Bahnsteig. Die beiden anderen waren nur Mitläufer; sie waren noch ganz jung, eigentlich halbe Kinder, dachte Hector, und trotzdem mussten sie schon ungefähr so schwer sein wie er.

»Sie ist nicht meine Tusse«, sagte Hector, »sondern eine Journalistin.«

»Ah, da will sie wohl was über uns rauskriegen?«, sagte der andere und kam noch näher auf Hector zu und damit auch auf Ophélie.

»Nein, nichts über Sie. Bloß über die Ambulanz.«

Der andere grinste und zeigte damit, dass er dieses Ablenkungsmanöver von Hector durchschaut hatte. Sofort kam er wieder auf sein eigentliches Thema zurück.

»Auf jeden Fall ist deine Tusse echt geil«, sagte er. »Solche wie sie kriegen wir hier nicht oft zu sehen.« Und von Neuem näherte er sich Hector und Ophélie, während die beiden anderen ihm nicht von der Seite wichen.

»Lasst uns doch in Ruhe«, sagte Ophélie. »Wir haben jetzt keine Lust, uns zu unterhalten.«

»Genau«, meinte Hector, »dazu haben wir wirklich keine Lust.«

Von einem rauflustigen Freund hatte Hector erfahren, dass man den Gegner nie zu nahe herankommen lassen durfte, weil man sonst wehrlos war, wenn er plötzlich zuschlug.

»Ah, du willst wohl abhauen, was?«, sagte der andere. »Hast Schiss vor uns?«

Und schon wieder kamen sie näher.

Jetzt vermuten Sie vielleicht, dass Hector es dank seines wunderbaren Psychologenwissens bestimmt schaffen wird, diese halbstarken Früchtchen aus dem Konzept zu bringen, sodass sie am Ende wie vom Donner gerührt dastehen und sich Hector voll Bewunderung unterordnen. Aber dazu hatte er wohl nicht das richtige Lehrbuch gelesen, und ohnehin hatte er das unüberwindbare Handicap, als gut gekleideter Mittfünfziger mit einer hübschen Zwanzigjährigen auf dem Bahnsteig zu stehen.

Ein Fünfzigjähriger, der zwar einigermaßen in Form war –

das musste den dreien klar sein –, aber andererseits auch ganz offensichtlich nicht die Gewohnheit hatte, sich zu prügeln.

Hector hätte ihnen beinahe gesagt, dass ihm all das leidtue, was dazu beigetragen hatte, dass sie sich heute auf dem Bahnsteig feindlich gegenüberstanden – dass er ein Weißer war, ein gebildeter und reicher Großstädter, und dass sie nicht so weiß aussahen, keinen Schulabschluss hatten und arbeitslos waren. Hector wäre sogar bereit gewesen, Bedauern über die Untaten des Kolonialismus zu zeigen, über das Scheitern des Bildungssystems, die ungezügelten Märkte, die Importe aus China, die Diskriminierungen bei der Einstellung und über die schlecht durchdachte Städteplanung, aber er spürte, dass es nicht viel bringen würde.

Er hörte das Rumpeln des nahenden Zuges, aber da griff der Anführer nach Ophélies Arm und sagte: »He, du, meine Hübsche, bleib bei uns!«

»Lass mich!«, sagte Ophélie.

Hector stieß den Anführer so heftig zurück, dass dieser ein paar Schritte nach hinten taumelte und gegen eine Mauer prallte. Während er wieder aufstand, zögerten die beiden anderen; sie warteten wohl auf einen Befehl vom Chef.

Hector sah, wie eine ältere Dame vom anderen Bahnsteig zu ihnen hinüberschaute und in ihr Handy sprach.

Der Zug fuhr ein, und Hector zog Ophélie in den Wagen, der angenehm voll war mit Leuten ganz verschiedener Herkunft; es waren auch ein paar Männer im vollen Saft darunter. Alle schauten erstaunt auf die beiden Zugestiegenen, aber Hector ließ die drei jungen Kerle, die jetzt ebenfalls zur offenen Tür gerannt kamen, nicht aus den Augen.

Deren Anführer hatte wohl begriffen, dass die Lage nicht mehr so günstig war (nicht umsonst war er Anführer geworden), also blieb er auf dem Bahnsteig vor der Wagentür stehen, während Hector mit gerunzelter Stirn den Zugang blockierte und seinen inneren Schalter auf »Kampf« umgestellt hatte.

Die Einstellung war richtig, aber seine Reflexe ließen noch zu wünschen übrig, denn gerade als Hector mit Erleichterung sah, dass die jungen Typen nicht mehr zusteigen würden, wurde ihm plötzlich auch bewusst, dass er seinen Gegner zu dicht an sich herankommen lassen hatte, und in dem Augenblick, wo die Tür langsam wieder zuging, ließ ihm der Anführer blitzschnell seine Faust aufs Auge sausen, jedenfalls merkte Hector, dass etwas gegen seine Braue prallte, aber da nahm der Vorortzug auch schon Fahrt auf, und der Anführer blieb höhnisch grinsend auf dem Bahnsteig zurück.

Hector spürte überhaupt keinen Schmerz, er war erleichtert und freute sich, dass er wieder zu Ophélie gehen konnte, und überhaupt brausten sie jetzt dem sicheren Hafen entgegen, seiner geliebten Stadt Paris! Ophélie aber blickte ihn beunruhigt an.

»Sie bluten ja!«, sagte sie.

Ach, er blutete? Er führte die Hand zum Gesicht, und tatsächlich blieb ein wenig verschmiertes Blut an ihr zurück. Es war nicht schlimm, nur die Braue.

»Alles in Ordnung«, sagte er.

Er war so froh, Ophélie erfolgreich beschützt zu haben, dass er vor den Augen aller Passagiere fast einen Freudentanz aufgeführt hätte. Ophélies Blick aber, in dem sich ganz verschiedene Emotionen spiegelten, machte ihn wieder nüchtern.

Später dann, in Paris, wollte Ophélie, dass Hector ins Krankenhaus ging und sich die Augenbraue nähen ließ. Aber er sträubte sich gegen diese Idee, denn er kannte den Notdienst nur zu gut und wusste, wie man dort aufgenommen wurde, wenn man nicht wirklich ein Notfall war.

Er wusste auch, dass man die Ränder der kleinen Wunde mit einem Spezialpflaster zusammenschweißen konnte, das er in seiner Notfalltasche in der Praxis hatte, nicht weit von der Station, an der sie ankamen.

Hector ahnte nichts Böses, als er sich von Ophélie in die Praxis begleiten ließ und als sie ihm dabei zuschaute, wie er vor dem Spiegel die Wundränder aneinanderschob und vergeblich versuchte, das Pflaster drüberzukleben. Er ahnte noch immer nichts Böses, als er sich von ihr helfen ließ, und da war ihr Gesicht ganz nahe an seinem, ihr Blick in seinen Augen, ihr Mund ein wenig geöffnet …

Und da küsste Ophélie Hector, und er wehrte sich nicht.

Clara in New York

Als sie an jenem Morgen durch den Central Park ging, wo unter einer fahlen Sonne der Wind in den Ästen voller Blattknospen pfiff und ihr Joggerinnen entgegenkamen, die in einer solchen Topform waren, dass sie geradewegs von den Olympischen Spielen gerannt zu kommen schienen, wurde Clara bewusst, dass viele andere von so einem Arbeitsaufenthalt in New York träumten, und sie ärgerte sich ein wenig, dass sie hier nicht glücklicher war.

Dabei sagte sie sich mehrmals pro Tag: »Ist es nicht traumhaft – ich bin in New York!« Für Clara (und viele andere Leute auch) war New York gleich Manhattan, jene Insel mit dem indianischen Namen, die schon vor vier Jahrhunderten die ersten holländischen Seefahrer bezaubert hatte, als sie vor ihnen am Horizont aufgeschimmert war; später dann sollte sie Millionen Menschen aus aller Welt bezaubern, oft arme Schlucker, die von einer besseren Zukunft träumten, und schließlich Generationen von Schriftstellern und Künstlern – und vielleicht ja auch Sie.

Also war Clara trotz alledem glücklich, in New York zu sein. Aber sie spürte auch, dass dieses Glück ein paar fiese Leckstellen hatte, die den allgemeinen Glückspegel senkten.

Zunächst einmal war die Aufgabe hier nicht so interessant, wie Clara gedacht hatte. Es ging vor allem darum, neue Verfahren zu entwickeln, die man hinterher in allen Filialen des Konzerns einführen konnte, also auch zu Hause in Frankreich. Und zu diesem Zweck gab es jede Menge Versammlungen und noch mehr weitergeleitete E-Mails. Zum Glück war Clara von den Kollegen hier sehr freundlich aufgenommen worden;

sie hatte verstanden, dass sie in deren Augen die Repräsentantin ihres Landes war und damit auch für den Charme und den Chic stand, um den die ganze Welt die Franzosen beneidet, und weil Clara zu alledem auch noch so tüchtig war, wie man es von einer Deutschen oder einer Koreanerin erwartet hätte, mochten die Amerikaner sie sehr.

(Wir sagen ›Amerikaner‹, aber eigentlich war es ja New York, und dementsprechend war von den Leuten, die sich zu den Beratungen zusammensetzten, jeder Zweite nicht auf dieser Seite des Atlantiks geboren; auch sie kamen aus verschiedenen Weltgegenden, obgleich sie alle die Redeweise und die Arbeitsmethoden übernommen hatten, die in einem großen internationalen Unternehmen mit Sitz in Amerika üblich sind.)

Und die andere Leckstelle in Claras Glück war natürlich Hector oder vielmehr Hectors Abwesenheit.

Clara hatte genau gemerkt, was in letzter Zeit mit Hector los gewesen war, selbst wenn sie es nicht so gut hätte erklären können wie der alte François, und natürlich beunruhigte es sie.

Zwischendurch blitzte immer wieder das Bild von Hector und Ophélie vor ihren Augen auf, wie die beiden nebeneinander die Rue de Vaugirard entlangspazierten und so glücklich aussahen. Ophélie lachte über etwas, das Hector gerade gesagt hatte.

Natürlich hatte Clara Angst, dass Hector sich von ihr entfernen könnte – nicht allein wegen dieser speziellen jungen Frau, sondern dass er überhaupt sein Glück woanders finden würde, wie es bei Männern manchmal der Fall ist, wenn sie mitten in der Midlife-Crisis stecken. Und oft landen sie tatsächlich bei einer Jüngeren, einer taufrischen Bewunderin, die nichts davon weiß, wie es vor fünfundzwanzig Jahren mit Stammeln und Stolpern angefangen hatte.

Aber selbst wenn sie zusammenblieben – würde ihr Glück für die vielen kommenden Jahre ausreichen? Clara hatte durchaus mitbekommen, welche Anstrengungen Hector in letzter Zeit unternahm, um seinen Tag besser einzuteilen, besser zuzuhören und ihr gegenüber aufmerksamer zu sein. Aber es war ein bisschen wie mit einem Glück, auf das man zu lange hat warten müssen: Jetzt hatte sie das Gefühl, dass es ihr nicht mehr so viel bedeutete.

Es war, als wäre Hectors Aufmerksamkeit zu einer Währung geworden, die nicht mehr ganz so viel wert war wie früher. Wenn das Bild von Hector und Ophélie wieder vor Claras Augen stand, ließ das den Kurs natürlich hochschnellen, aber es war nur flüchtig. Wenn sie die Angst, Hector zu verlieren, brauchte, um ihn als Ehemann noch richtig schätzen zu können, war das nicht gerade erfreulich – und vor allem ein Beweis dafür, dass etwas in ihrer Beziehung nicht mehr stimmte. Sie konnte schließlich nicht zu Hector sagen: »Los, mach mich eifersüchtig, das wird unserer Liebe guttun!«

Schon dass sie sich solche Fragen stellte, beunruhigte Clara. Ihre Kinder waren erwachsen, sie brauchten die Eltern nicht mehr (oder zumindest fast nicht), und ein weiteres Zusammenleben lohnte sich nur noch, wenn Hector und Clara es alle beide wirklich wollten.

Clara war noch jung genug, um überzeugt zu sein, dass Liebe mehr zählt als Gewohnheit oder Bequemlichkeit. Sie war nicht mehr richtig jung, aber auch noch nicht alt, und vielleicht waren dies jetzt die letzten Jahre, in denen sie noch ein neues Leben ins Auge fassen konnte?

Aber wenn Hector nun schneller wäre mit dem neuen Leben?

Sie sprach oft mit ihrer Tochter, die Clara in die Geheimnisse des Instant Messaging eingeweiht hatte. Sie konnte sie dabei sogar auf dem Display ihres Handys sehen!

Anne schien begeistert zu sein, dass ihre Mutter in New York war: »Maman, hast du vielleicht ein Glück!«

»Das kann man wohl sagen«, erwiderte Clara und versuchte, es selbst zu glauben.

»Und mir geht es übrigens genauso«, sagte Anne. »Jeden Tag, wenn ich ins King's College komme, sage ich mir, dass ich es wirklich gut erwischt habe. Und die Freunde, die ich hier habe!«

Das zumindest hatten sie ihren Kindern mitgegeben – die Fähigkeit, das eigene Glück zu genießen. Lag es an den Genen oder der Erziehung? Schwer zu sagen.

»Und Papa, wie kommt er klar?«

»Ach, ganz gut. Ihm macht das Alleinsein nichts aus.«

»Ja«, sagte ihre Tochter mit einem Anflug von Ernst in der Stimme, »ich weiß.«

Es war Anne schon lange aufgefallen, dass ihr Vater sich gerne in seine eigene Welt zurückzog.

»Und ohnehin bin ich ja bald zurück!«, sagte Clara.

»Aber Maman, du musst dich doch nicht beeilen! Warum bleibst du nicht noch ein wenig länger? Endlich mal eine Luftveränderung für dich!«

»Ja«, meinte Clara, »vielleicht hast du recht.«

Aber hätte sie wirklich zusagen sollen, zwei zusätzliche Wochen in New York zu bleiben, bis das Projekt abgeschlossen war?

Der Gedanke quälte Clara, als sie einen jener herrlichen ganz verglasten Deli-Shops betrat, wo die eiligen New Yorker sich exzellente Sandwichs zum Frühstück kaufen können und der Kaffee ebenso gut ist wie in Italien.

Während sie ihre Möhrentorte aß und ihren doppelten Espresso trank, hatte sie nur flüchtig auf den groß gewachsenen Mann neben ihr an der Theke geachtet.

»Clara!«

Sie drehte sich zu ihm um, und da erkannte sie ihn: Er hatte weniger Haare als damals und war auch fülliger geworden, aber sein Blick und sein Lächeln eines selbstsicheren Mannes hatten sich nicht verändert.

Es war Gunther, ihr früherer Chef aus den Tagen vor ihrer Heirat. Der Mann, mit dem sie Hector vor mehr als zwanzig Jahren betrogen hatte. Der bereit gewesen war, sich ihretwegen scheiden zu lassen, und der todunglücklich zurückgeblieben war, als sie ihn verlassen hatte und zu Hector, ihrer wahren Liebe, zurückgekehrt war.

»Unglaublich, du hast dich gar nicht verändert!«, sagte Gunther, der niemals zögerte, mit größter Selbstsicherheit die banalsten Sätze auszusprechen – Sätze, die man aber trotzdem nicht ungern hört.

Hector und Ophélie

Ophélie kam Hector jeden Tag in seiner Praxis besuchen, nachdem der letzte Patient gegangen war. Dann aßen sie gemeinsam zu Abend, und die Restaurants suchte immer Hector aus, damit keine dabei waren, in denen er schon mit Clara gewesen war. Manchmal gingen sie auch gleich ins Kino, denn Ophélie liebte die alten Klassiker und wollte sie gern immer wieder sehen (auch ich bin ja ein alter Klassiker, dachte Hector). Danach stiegen sie gemeinsam die Treppen zu Ophélies Studentenbude hoch, die einst das Dienstmädchenzimmer gewesen war und von der aus man über die Dächer von Paris schauen konnte und in der Ferne sogar den Eiffelturm sah. Es war ein Blick wie in manchen amerikanischen Musikkomödien, die in Paris spielten (schon wieder alte Klassiker). Und schließlich machten Hector und Ophélie das, was Sie in so einer Musikkomödie nie zu sehen bekommen werden.

Hector wusste nicht, wie ihm geschah, oder vielmehr wusste er nur zu gut, wie ihm geschah. Nach ihrem ersten Kuss und dem, was darauf gefolgt war, hatte er sich gegen sich selbst aufgelehnt. Nein, es war unmöglich, es durfte gar nicht sein, er durfte doch kein untreuer Ehemann sein, man musste diese Augenblicke schnellstens vergessen, sie waren nur ein Irrtum, ein Missverständnis, und Ophélie würde das sofort verstehen, wenn er es ihr erklärte.

Er hatte angesetzt: »Ich denke, wir sollten nicht …« und dann nach Worten gerungen, während ihn Ophélie belustigt angeschaut hatte. Man muss dazu sagen, dass Ophélie und Hector beide nackt waren, was nicht die beste Ausgangssituation für ein ernsthaftes Gespräch ist. Hector hätte besser noch ein wenig gewartet, aber was da gelaufen war, hatte ihm Angst gemacht, und zu alledem war es sehr gut gelaufen, was es noch schlimmer machte.

»Wir sollten lieber vergessen, was gerade geschehen ist …«

Ophélie lachte laut los, und dann schlang sie ihm die Arme um den Hals.

Nachdem es an den folgenden Tagen immer wieder zu den wunderbarsten Begegnungen gekommen war, sagte sich Hector, dass er kein Abenteuer mit Ophélie gewollt hatte und dann sagte er sich, dass er es nicht gewollt hatte, dass aus dem Abenteuer eine Liaison wurde und dass … Er wagte gar nicht daran zu denken, was er mit Ophélie alles nicht wollte, denn er musste befürchten, dass es ausnahmslos eintrat.

Ein Verhältnis mit Ophélie zu haben war erschreckend, wundervoll, bestürzend, erhebend, und es wären ihm noch andere Adjektive dafür eingefallen, auch wenn er spürte, dass sein Gehirn ein wenig gelähmt war.

Es war erschreckend, weil er ganz und gar nicht wusste, wohin es führen würde, auch wenn er das Gefühl einer unmittelbar bevorstehenden Katastrophe hatte.

Es war wundervoll, weil Ophélie wundervoll war, ganz besonders, wenn sie nichts anhatte, und noch mehr, wenn sie in seinen Armen lag, und noch mehr, nachdem er bemerkt hatte, dass die Liebe für sie etwas ganz Natürliches war und sie sich überhaupt nicht so verlegen und ungeschickt benahm wie die zwanzigjährigen Frauen in der Zeit, als Hector selbst zwanzig gewesen war. Daran merkte er auch, dass er nicht mehr jung war: Manchmal hatte er den Eindruck, dass Ophélie im Bett ebenso viel Erfahrung hatte wie er und dass sie sogar ungezwungener war, selbst wenn er sich rasch daran anpasste, denn schließlich war Hector Psychiater, vergessen Sie das nicht. Ganz zu Beginn hatte er sich wie der böse Wolf mit dem kleinen Rotkäppchen gefühlt, aber jetzt fragte er sich, ob von ihnen beiden nicht eigentlich Ophélie das Raubtier war, denn schließlich hatte sie ihn sehr geschickt gejagt und schließlich gefangen.

Es war bestürzend, weil er das Gefühl hatte, er verrate sein bisheriges Leben und dazu noch das Leben von Clara, ihre Ehe und den treuen Gatten, der er bisher gewesen war. Dieses Gefühl löste in ihm manchmal den plötzlichen Drang zu weinen aus, und er musste schnell im Badezimmer verschwinden, damit er seinen Tränen freien Lauf lassen konnte und Ophélie nichts von seinen kurzen Schluchzern hörte.

Es war erhebend, weil er sich plötzlich wieder jung fühlte, wenn er mit Ophélie lachte, wenn sie in seinen Armen lag und die Augen schloss, wenn sie erschöpft nebeneinander einschliefen.

Es war erschreckend, denn er fragte sich, wohin es Ophélie führen würde; er fühlte sich verantwortlich für das, was mit ihr geschah, auch wenn sie nicht ganz unschuldig an der Situation war.

Es war bestürzend, denn er musste unaufhörlich darüber nachdenken, was er beim nächsten Mal dem alten François sagen beziehungsweise nicht sagen würde, wenn der ihn mit seinem gütigen Lächeln fragte: »Geht es Ihnen gut, lieber Freund?«

Sollte er es ihm verschweigen, sollte er lügen?

Oder war es besser, alles zu gestehen? *Ach, übrigens, ich schlafe mit Ihrer Enkeltochter ...*

Er hatte das Vertrauen seines Freundes missbraucht, und das war unverzeihlich und nicht wiedergutzumachen.

Es war wundervoll, denn jede ihrer Begegnungen war wie eine erste Begegnung – wenn er auf Ophélie wartete und ihr Klingeln vernahm – wenn sie sich direkt vorm Kino verabredet hatten und er sie um die Straßenecke kommen sah – wenn sie nach ihm im Restaurant eintraf und alle Männer so taten, als würden sie nicht hinschauen, während die Frauen sie genau beäugten und Hector sodann einen vernichtenden Blick zuwarfen – wenn er in Ophélies Zimmer im einzigen Sessel saß und Zeitung las und sie sich plötzlich über ihn fallen ließ und ihn zu küssen begann – wenn sie ihn küsste und küsste und sich dann ein wenig nach hinten lehnte, um sein Gesicht zu betrachten, bevor sie ihn von Neuem küsste.

Es war bestürzend, denn er sagte sich, dass all diese wunderbaren Augenblicke letzten Endes nichts waren als die banale Geschichte eines Abenteuers zwischen einem Mann reiferen Alters und einer jungen Bewunderin.

Es war erhebend, weil …

Clara und Gunther

Gunther hatte Clara eingeladen, in seinem Club ein Glas mit ihm zu trinken. Zuerst hatte Clara gedacht, er wolle sie in einen Club mitnehmen, in dem er Mitglied war, einen jener Clubs, in denen sich überall auf der Welt die Reichen in entspannter Atmosphäre zusammenfinden, um zu essen oder die Zeitung zu lesen. Dass manche Clubs, um jede Rivalität oder Untreue auszuschalten, keine Frauen als Mitglieder aufnahmen und die Gattinnen nur zu bestimmten alljährlichen Ereignissen zugelassen waren, machte sie umso friedlicher.

Aber nein, Gunther sprach von seinem Jazzclub. Er war nämlich glücklicher Besitzer eines solchen Etablissements im Meat Packing District, einem ehemaligen Glasscherbenviertel. Damals hatte Gunther als gewiefter Geschäftsmann das Lokal zu einem Spottpreis erworben. Inzwischen war die ganze Gegend zu einem Szeneviertel avanciert, in dem sich Galerien für zeitgenössische Kunst, italienische und japanische Restaurants, Apple-Stores und Clubs wie der von Gunther aneinanderreihten.

Dann hatte Clara gedacht, Gunther würde diesen Club als eine Art Hobby betreiben, um sich von seiner Arbeit als Leiter des New Yorker Hauptsitzes eines internationalen Unternehmens zu entspannen. Aber auch da täuschte sie sich.

»Das ist für mich vorbei«, erklärte Gunther. »Es interessiert mich nicht mehr. Und Jazz habe ich schon immer geliebt.«

Clara erinnerte sich daran, dass Gunther selbst als Firmenchef manchmal mit schöner Bassstimme die großen Jazzklassiker gesungen hatte, womit er das junge Ding, das sie damals gewesen war, hatte bezaubern können.

»Heute bin ich viel glücklicher«, sagte Gunther lächelnd.

Clara spürte aber auch, dass in dieser Feststellung ein wenig Aufschneiderei lag.

Sie hatte es noch nie erlebt, dass ein dominantes Männchen freiwillig auf die Macht verzichtet hätte. Es gab sie erst preis, wenn es herausgedrängt wurde – wenn ein schlaueres oder wilderes Männchen sich gegen es durchgesetzt hatte.

Und doch schien Gunther tatsächlich zur Ruhe gekommen zu sein, er zeigte nicht mehr jene Anspannung, die früher pausenlos in ihm gesteckt hatte, die Anspannung eines Mannes, der immer auf der Hut war und immer bereit, einen Schlag zu parieren oder selbst auszuteilen. Ob er glücklich war, konnte sie nicht sagen, aber auf jeden Fall war er entspannter und hatte auch mehr Sinn für Humor als früher – damals war Humor überhaupt ein Fremdwort für ihn gewesen.

Und letzten Endes war er jetzt auch verführerischer, zumindest für die Frau, die Clara inzwischen geworden war.

»Schau doch gegen acht vorbei, da ist es noch nicht so voll«, sagte Gunther, als sie gemeinsam aus dem Deli in die kühle Morgenluft traten. »Dann können wir ja entscheiden, ob wir zu Abend essen wollen …«

Clara sah in Gunthers Augen, dass er sie noch immer bewunderte, sie entdeckte sogar Liebe darin, und es war für sie wie ein angenehmer und warmer Mantel.

Danach musste sie an Hector denken, an ihre Telefongespräche der letzten Tage, bei denen er seltsam abwesend gewirkt hatte.

»Ich habe wieder mehr zu arbeiten angefangen«, hatte er erklärt.

Da hatte sie sich noch gesagt, dass sie sich weigern würde, noch einmal zwei Wochen länger zu bleiben.

Aber trotzdem beschloss sie, die Verabredung mit Gunther einzuhalten.

Was Hector nicht gewollt hatte

Erst hatte Hector kein flüchtiges Abenteuer gewollt, dann hatte er kein Verhältnis gewollt, und dann hatte er nicht gewollt, dass sie als Frischverliebte ein Wochenende zusammen wegfuhren.

Hector und Ophélie waren am Meer. Hector hatte ein Zimmer im Grand Hôtel von Cabourg reserviert, einem Luxushotel, das ebenso schön war wie das Lutetia, aber schon Jahrzehnte früher, zu jener Zeit, als die Reichen das Baden im Meer zu entdecken begonnen hatten, direkt am Strand errichtet worden war. Ihr Zimmer war wie ein kleines Haus, das über dem Ärmelkanal hing, und vielleicht hatte genau hier auch Proust gewohnt, als er vor hundert Jahren *Im Schatten junger Mädchenblüte* geschrieben hatte.

Nachts hörte Hector Ophélies Atem und das Atmen der Wellen, das durchs offene Fenster hineindrang.

Er war glücklich und unglücklich zugleich.

Er schlief nicht viel. Er genoss es, das erste Morgenlicht auf Ophélies nacktem und blassem Körper zu sehen, wenn sie noch schlief.

In solchen Augenblicken, wenn er der jungen Mädchenblüte beim Erwachen zusah, fühlte er sich auch am heftigsten als untreuer Ehemann.

Ophélie war versessen auf Austern, rosa und graue Garnelen, Krabben und Langustinen, und sie verschlangen beide große Mengen davon, während sie im riesigen Speisesaal des Hotels saßen, von dem aus man aufs Meer blicken konnte. Sie sahen, wie es bei jedem Wolkendurchzug seine Farbe änderte – wie Ophélies Augen, die von Grün zu Grau changierten.

Oder sie fuhren ins *Vapeurs* nach Trouville, wo Hector immerzu fürchtete, irgendwelche Ehepaare zu treffen, die er aus Paris kannte.

Und sie sprachen miteinander, sprachen viel miteinander, tranken Chablis oder Pouilly-Fumé und gingen am Ufer spazieren.

Ophélie erzählte vergnügt von ihrem Leben, ihren Freundinnen, ihrer Lektüre und ihren Plänen, und Hector hatte das Gefühl, mit der Bewohnerin eines anderen Planeten am Strand spazieren zu gehen – des Planeten der Jugend.

Es fiel ihm auf, dass sie ihm kaum Fragen stellte. Und was hätte er auch aus seinem Leben erzählen können, ohne den Zauber zu brechen? Sollte er von Clara reden, von seinen Kindern?

Sie scherzten viel miteinander, oft war ihre Unterhaltung ein Hin und Her von kleinen Späßen, und auch das zerriss Hector das Herz, denn er erinnerte sich, dass Clara und er genauso miteinander gesprochen hatten, als sie noch nicht verheiratet gewesen waren.

Die übrige Zeit vermied er es, an Clara zu denken; so hatte er das Gefühl, sich selbst zu betäuben. Er hatte beschlossen, sich ganz auf den Augenblick zu konzentrieren, was er übrigens auch ständig seinen Patienten empfahl.

Sie liefen barfuß den Strand entlang, und plötzlich machte Ophélie einige Schritte ins Meer hinein, das noch zu kalt war. Sie stieß ein paar spitze Schreie aus, also machte sich Hector den Spaß, sie zu tragen, während sie ihm ihre Arme um den Hals legte. »Ich mache mich zum Idioten!«, dachte er, und gleichzeitig war er trotzdem glücklich.

Es gelang Hector, diese Augenblicke des Glücks auszukosten, und dennoch fürchtete er, sie könnten zwischen ihnen beiden ein Band knüpfen, das sich später nicht mehr zerreißen ließe. Jeder glückliche Moment am Strand, im Hotelzimmer oder im Restaurant war wie ein zusätzlicher Schluck vom Liebestrank. Vor allem für Ophélie, wie sich Hector schuldbewusst sagte. Er selbst war bereit, alle möglichen Qualen durchzustehen, aber er fürchtete um sie, denn sie war noch so jung.

Doch sprachen sie nie über die Zukunft; sie lebten nur für den Augenblick. Sie sprachen auch niemals über ihre Liebe und vermieden es, die Erinnerung an jenen Moment heraufzubeschwören, an dem sich Ophélie von Hector angezogen gefühlt hatte und Hector von Ophélie. Anders als die meisten Verliebten erzählten sie sich nicht ihre eigene Geschichte.

Aber wie mochte Ophélie diese Geschichte sehen? Das war eine brennende Frage, die er nicht anzusprechen wagte. Natürlich machte er ihr keine Versprechungen, aber er wusste genau, dass »keine Versprechungen machen« für Frauen nicht dasselbe war wie »wirklich nicht die geringsten Versprechungen machen«. Wenn man sich damit begnügte, keine Versprechungen zu machen, hinderte das manche Frauen nicht daran, trotzdem zu träumen zu beginnen (auch wenn Hector nicht richtig glauben konnte, dass eine junge Frau seinetwegen noch ins Träumen kam).

Aber zugleich wusste Hector, dass das Vermögen der Frauen, von der Zukunft zu träumen, ebenso stark und ununterdrückbar war wie das sexuelle Verlangen der Männer.

Was also sollte er Ophélie verkünden? Dass er Clara niemals verlassen würde? Aber vielleicht hatte sie das schon selbst begriffen, und er würde dann wie ein plumper Trottel dastehen, der seine Geliebte unterschätzte.

Manchmal schluchzte sie leise im Schlaf. Wovon mochte sie träumen? Von ihm, von ihrer Liebe?

Wenn Hector sie dann weckte, schaute sie mit großen, erstaunten Augen umher. Nein, sie konnte sich an nichts erinnern. Und dann schlang sie ihm die Arme um den Hals.

Tristan und seine Abhängigkeiten

Hector hatte wieder angefangen, so zu arbeiten wie vorher.

Einige Fachkollegen hatten ihn am Telefon beschworen, so schnell wie möglich einen Termin für gewisse Patienten zu finden, die ihnen Sorgen machten, aber auch nicht ins Krankenhaus geschickt werden sollten.

Und dann wollte Hector jetzt auch ausgefüllte Arbeitstage haben, damit ihm nicht zu viel Zeit zum Nachdenken blieb über das, was ihm gerade mit Ophélie passierte. Und natürlich auch über das, was passieren würde, wenn Clara aus New York zurückkam. *Wenn* sie denn zurückkam, immerhin hatte sie ihren Aufenthalt bereits verlängert ...

»Sie sehen richtig fit aus, Doktor!«

»Ach wirklich? Sie aber auch!«

Tristan war wieder in Hectors Sprechstunde gekommen, und welche Überraschung, er trug keine Krawatte! Sein Anzug und sein gestreiftes Hemd, das er offen trug, passten auf vollendete Weise nicht zusammen – Paul Smith, hätte Olivia sicher gleich erkannt, oder war es Kenzo? Er trug auch edle Mokassins aus Nubukleder, noch ein Zeichen seiner neuen Lässigkeit.

»Haben Sie heute frei?«, fragte Hector.

»Ja – das heißt, ich nehme gerade meinen restlichen Urlaub, bevor ich gehe.«

»Sie hören bei Ihrer Bank auf?«

»Wir haben eine gute Regelung getroffen«, sagte Tristan mit Befriedigung in der Stimme, und Hector sah in seinen Augen die Zahlenkolonnen aufleuchten.

»Haben Sie denn etwas anderes gefunden?«

»Nein, nicht wirklich. Bis jetzt nicht.«

Hector war erstaunt: Tristan hatte offenbar nicht nur die Spitzengruppe verlassen, sondern war gleich ganz aus dem Rennen ausgestiegen, ohne dass ihn das ernsthaft mitgenommen zu haben schien.

»Im Grunde hat mich Ihre kleine Übung vom letzten Mal zum Nachdenken gebracht. Erinnern Sie sich? Ich hatte geschrieben: *Zufrieden mit mir sein* und *Den Eindruck haben, dass ich der Beste bin*. Mir ist klar geworden, dass das eine vom anderen abhing.«

»Möchten Sie damit sagen, dass Sie mit sich nur zufrieden sein können, wenn Sie das Gefühl haben, der Beste zu sein?«

»Genau.«

Hector verspürte große Lust, jenen berühmten Satz auszusprechen, der schon zum Klischee geworden ist, aber mit dem sich alles so wunderbar erklären lässt: *Erzählen Sie mir von Ihrer Mutter …* Aber er brauchte nicht einmal den Mund aufzumachen.

»Ich glaube, dass Maman mir beides gleichzeitig mitgegeben hat. Sie bewunderte mich, und ihre Bewunderung gab mir den Eindruck, dass ich einzigartig sei, außergewöhnlich, einfach der Beste! Und um heute mit mir zufrieden zu sein, muss ich spüren, dass mich alle für den Besten halten!«

Tristan hatte Riesenfortschritte gemacht. Eigentlich hatte Hector geglaubt, es wären noch einige Sitzungen nötig, bis Tristan merkte, woher bei ihm die Eigenart kam, sich nur zu bewundern, wenn die anderen ihn bewunderten. Gleichzeitig wusste Hector, dass man eine Persönlichkeit nicht verändern konnte – Tristan genauso wenig wie sonst jemanden –, aber immerhin konnte man seine Denkweise ein wenig verändern, sodass er nicht immer wieder die gleichen Fehler machte.

»Um es zusammenzufassen: Ich will noch immer zufrieden mit mir sein, aber die Idee, dass ich der Beste sein müsste, macht mich inzwischen misstrauisch. Ich glaube, sie hat mir irgendwie das Leben vergiftet ... Es ist wie mit einem Wertpapier, von dem man sich nicht trennen mag, weil es schon sehr schöne Erträge gebracht hat, und dabei weiß man, dass es nie wieder so hoch im Kurs stehen wird wie einst.«

Hector freute sich sehr, wenn seine Patienten Vergleiche anstellten, denn das bedeutete, dass sie wirklich Fortschritte bei der Selbsterkenntnis gemacht hatten. Natürlich reichte es nicht aus, um ihre Stimmung zu heben oder ihre falschen Reflexe zu verändern, aber den richtigen Weg hatten sie schon mal eingeschlagen.

»Also wird Ihnen diese Idee keine Qualen mehr bereiten?«

»Doch. Ich glaube nicht, dass ich sie einfach so abschütteln kann, wie man eine schlechte Aktie abstößt. Ich werde natürlich Rückfälle haben, und dann werde ich wieder in Ihre Sprechstunde kommen. Aber derzeit vielleicht nicht. Können wir eine Pause einlegen, Doktor?«

Das passte Hector wunderbar, wurden durch Tristans Pause doch einige Termine für neue Patienten in inneren Nöten frei.

Aber an jenem Tag war Tristan sein letzter Patient, und nachdem er ihn zur Tür begleitet hatte, begann Hector seine E-Mails zu beantworten und versuchte sich dabei zu konzentrieren, während sein Körper angespannt auf das Klingeln von Ophélie wartete, mit der Hector essen gehen wollte – zu einem renommierten Italiener, bei dem er mit Clara noch nie gewesen war.

Später, es war schon Nacht, wurde Hector vom Summen seines Handys geweckt. Seine Tochter schickte ihm eine Nachricht.

Geht's dir gut, Papa? Wollte dir bloß sagen, dass ich übernächsten Sonntag in Paris ankomme. Werde bei Mélanie wohnen. Ich ruf dich an, wenn ich da bin, ich möchte dich sehen. Liebe Grüße.

Als er den Blick wieder vom Display hob, sah er neben sich

Ophélie, die mit dem Gesicht zu ihm lag; sie war vom Schlaf umfangen wie eine reizvoll ausgestreckte Nymphe auf einem mythologischen Gemälde, und plötzlich wurde Hector bewusst, dass er ein Verhältnis mit einer jungen Frau hatte, die nicht älter war als seine Tochter.

In dieser Nacht fand Hector keinen Schlaf mehr.

Hector auf dem Montmartre

Hector fuhr nicht oft nach Montmartre, außer wenn er Freunde begleitete, die in Paris zu Besuch waren. Dann nahm er einen Bus der Linie 95, der von der Rue de Rennes abfuhr und eine der schönsten Routen durch Paris einschlug. Wenn man am Pont du Caroussel den Fluss überquerte, erhaschte man einen kurzen, aber herrlichen Blick auf die Stadtlandschaft entlang der Seineufer. Zur Linken erhob sich der Eiffelturm, zur Rechten die Kathedrale Notre-Dame. Dann fuhr der Bus in den Hof des Louvre ein, ehe er dem Passagier die Pracht von Garniers Opernhaus darbot. Hector liebte auch das letzte Teilstück, wo der Bus auf einer Brücke über den Montmartre-Friedhof fuhr. Den Friedhof mochten sich seine Freunde normalerweise nicht anschauen; stattdessen wollten sie die Basilika Sacré-Cœur sehen, dieses große pseudobyzantinische Monument, das zu einer Zeit errichtet worden war, in der die Architekten, wie der alte François gesagt hätte, noch Achtung vor dem Kunstgewerbe gehabt hatten. Und natürlich wollten sie jenen berühmten Blick über Paris genießen, der sich von den Stufen vor der Kirche bot.

Hector selbst bevorzugte die Aussicht von der Terrasse des Musée d'Orsay, wo man zwar nicht so hoch über Paris stand, aber das eigentliche Herz der Schönheit dieser Stadt entdecken konnte – die Seine, den Louvre, die Tuilerien … und in der Ferne Sacré-Cœur auf ihrem Hügel. Die Freunde wollten dann meistens noch im reizenden ehemaligen Dorf Montmartre herumschlendern, wo so viele schlechte Maler gelebt hatten und auch ein paar richtig gute.

Es war Sonntagnachmittag, und Robert hatte Hector angerufen: »Können wir uns treffen? Es ist wichtig. Ich komme dich abholen.« Weil Ophélie zu Hause für eine Prüfung lernen wollte, hatte Hector leichten Herzens zusagen können.

Und jetzt saßen Hector und Robert auf den Gartenstühlen der Terrasse eines kleinen Cafés in Montmartre. Im Gastraum schauten zwei chinesische Touristenpaare verblüfft auf das Essen, das man ihnen gerade gebracht hatte. Sie hatten das Tagesgericht gewählt, Sauerkraut, und es dampfte noch auf ihren Tellern. Das Wetter war angenehm, auch wenn es weiterhin kühl blieb, und der Sonnenschein verlieh allem ein heiteres und jugendfrisches Aussehen – außer vielleicht Hector und Robert, die in Gedanken versunken dasaßen, während ringsum in den Bäumen die Tauben gurrten.

Zu seinen Füßen – denn der Reiz dieses Ortes lag in seinen steil abfallenden Straßen und Treppenfluchten – erblickte Hector einen Platz mit einem hübschen kleinen Hotel, dessen Fassade ganz mit Efeu bewachsen war. Es hätte als Kulisse für *Ein Amerikaner in Paris* dienen können, jenen Klassiker, den Hector und Ophélie am Abend zuvor in einem kleinen Kinosaal in der Rue des Écoles gesehen hatten. Selbst für Hector beschwor dieser Film schon eine ganz alte Welt herauf, in der Arbeiter und mittellose Künstler noch in Paris leben konnten, die Straßen gepflastert waren und Blumen und Gemüse auf dem Trottoir verkauft wurden. Diese Welt war noch ein Teil seiner Kindheit gewesen, ehe sie ganz verschwunden war; Ophélie aber konnte sie nur noch in verklärter Form im Kino erleben.

»Achte mal auf den Hoteleingang«, sagte Robert.

Die Eingangstür öffnete sich, und eine Frau trat hinaus.

Aus der Entfernung brauchte Hector ein paar Sekunden, ehe er sie erkannte.

»Ja«, sagte Robert, »das ist meine Denise. Pünktlich wie immer, und jetzt geht sie zu ihrem Kurs bei einem Rahmenmacher.«

Hector wusste nicht, was er sagen sollte. Vor allem fürchtete er, was gleich kommen würde, denn Robert starrte noch immer auf das Hotel.

Die Eingangstür öffnete sich von Neuem, und ein korpulenter Mann mit grauen Haaren trat eilig auf die Straße. Es war Jean-Claude, der Mann von Géraldine, die Hector damals beim Diner so auf die Nerven gegangen war und ihm seine Midlife-Crisis zu Bewusstsein gebracht hatte.

»Voilà«, sagte Robert. »Ein Paar von Ehebrechern. Wie findest du das?«

Robert bestellte sein zweites Glas Weißwein, aber diesmal sagte Hector nichts dazu, obwohl es erst früher Nachmittag war.

»Wie hast du Verdacht geschöpft?«, wollte Hector wissen.

»Sie hatten einfach Pech, die Armen! Ein Freund von mir wohnt in der Nähe und trinkt hier oft einen Kaffee. Eines Tages hat er sie gemeinsam herauskommen sehen und mich angerufen. Er weiß Bescheid über die Geschichte mit meiner jungen Bewunderin. Er dachte, ich würde mich über diese Nachricht freuen.«

»Und tust du das nicht?«

Hector erwartete, dass Robert ihm antworten würde, er sei froh, sich jetzt quitt fühlen zu können – oder im Gegenteil, er sei rasend vor Eifersucht. Aber es kam anders.

»Im Grunde macht es mir Kummer. Ich sage mir, dass ich meine gute Denise wirklich unglücklich gemacht haben muss, wenn sie den Schritt zum Ehebruch gewagt hat! So etwas ist eigentlich nicht ihre Art. Und dann noch mit Jean-Claude! Noch so ein Unglücklicher – mit dieser schrecklichen Géraldine ... Die ihn ebenfalls betrügt, wie du ja weißt. Es hat sogar etwas Rührendes, Denise und Jean-Claude zusammen zu sehen, diese beiden braven und gutherzigen Menschen, die sich heimlich miteinander über ihre untreuen Ehepartner hinwegtrösten.«

»Und du denkst wirklich, Denise weiß über dich und deine junge Bewunderin Bescheid?«

»Ehrlich gesagt, glaube ich das nicht. Sie hätte das Thema sonst bestimmt angesprochen. Aber gewiss hat sie sich vernachlässigt gefühlt. Und noch etwas anderes macht mich traurig: Weil sie nichts von meiner Affäre weiß, hat sie bestimmt Schuldgefühle, dass sie mich betrügt. In letzter Zeit wirkte sie ziemlich niedergeschlagen. Sie ist für Seitensprünge einfach nicht geschaffen. Ehebruch ist was für Leute ohne allzu große Skrupel – Leute wie mich beispielsweise …«

Da übertrieb Robert, denn Skrupel waren ihm nicht fremd: Immerhin las er vor dem Einschlafen ja die deutschen Philosophen …

»Und was willst du jetzt tun?«

»Ich bin ein bisschen ratlos«, sagte Robert.

Und er erklärte Hector, warum ihn die Vorstellung, Denise unglücklich gemacht zu haben (und diese Liaison war nun wirklich ein Zeichen dafür), plötzlich sehr traurig hatte werden lassen. Er hatte mit sich selbst gehadert, war ihm doch klar geworden, dass Denise immer eine gute Ehefrau gewesen war. »Wenn sie mich mit einem jungen und smarten Kerl betrogen hätte, hätte ich ihr das vielleicht übel genommen und wäre eifersüchtig gewesen … Auch wenn ich mir das eigentlich nicht erlauben dürfte. Aber mit dem braven Jean-Claude …«

»Vielleicht ist es ja tatsächlich Liebe?«, meinte Hector.

»Na ja, er ist klug, er hat Humor, und früher war er sogar richtig witzig, erinnerst du dich? Das war, bevor er sich von dieser Pest hat einfangen lassen!«

»Wahrscheinlich hat er zu seiner alten Form zurückgefunden …«

Jean-Claude musste irgendwann beschlossen haben, seinen Problemen ins Auge zu sehen, und dabei hatte er wahrscheinlich festgestellt, dass er das Recht auf ein wenig Ehebruch hatte.

»Also, was hast du vor?«

Robert zögerte. Über Hectors Schulter hinweg bestellte er

einen ... nein, keinen weiteren Weißwein, sondern einen Kaffee. Er wartete, bis der Kellner die Tasse brachte; dann schaute er Hector an und sagte: »Mir ist bewusst, dass ich jetzt die Gelegenheit für eine große Veränderung in meinem Leben hätte! Ich könnte zu meinem jungen Häschen gehen, das immer noch auf mich wartet, und die beiden hier einander lieben lassen. Wer weiß, vielleicht würden sie eines Tages sogar heiraten. Stell dir bloß das dämliche Gesicht von Géraldine dabei vor!«

»Und warum tust du's nicht?«

Robert holte tief Luft. »Weil es mir Angst macht! Ich habe schrecklichen Schiss davor. Eigentlich möchte ich am liebsten, dass mit Denise alles wieder so wird wie vorher. Dass wir uns auf unsere stille Weise lieben, dass wir gemeinsam alt werden. Aber ist das noch möglich? Was meinst du?«

»Ehrlich gesagt, ich weiß es nicht. Aber vielleicht möchte sie im Grunde ja das Gleiche wie du.«

»Mag sein. Aber andererseits sage ich mir, dass es für uns beide eine einmalige Chance ist. Jeder von uns könnte ein neues Leben starten und vielleicht glücklicher werden. Aber mir ist auch klar, was ich für immer verlieren würde.«

»Zum Beispiel?«

»Eine Frau, die mich wirklich kennt und mit all meinen Fehlern liebt – oder zumindest geliebt hat. Nicht eine junge Frau, die meine Schokoladenseiten anhimmelt und die ich irgendwann zwangsläufig enttäuschen muss. Verstehst du?«

»Ja, sehr gut. Sogar ein bisschen zu gut ...«

»Zu gut?! Wie meinst du das?«

Clara amüsiert sich gut

»Ich wollte einen ganz besonderen Ort kreieren«, sagte Gunther.

So besonders fand Clara den Ort gar nicht, aber wenigstens angenehm. Es war ein recht geräumiger Saal mit kleinen runden Tischen, die auf zwei Ebenen angeordnet waren. Die Wände zierten große Schwarz-Weiß-Fotos von New Yorker und Pariser Stadtlandschaften (Gunther hatte ihr erklärt, dass Cole Porter lange in Paris gelebt hatte), und es gab einen langen Tresen aus genieteten Blechen, an dem sie auf hohen Hockern im industriellen Stil saßen.

Die gedämpfte Beleuchtung war raffiniert gemacht, denn Gunther wirkte in diesem sanften Licht jünger – und sie selbst wahrscheinlich auch. Er erhob seinen Champagnerkelch.

»Auf unsere Wiederbegegnung«, sagte er mit seinem typischen Lächeln, das Clara sofort an seinen Spitznamen aus der Zeit erinnerte, als er noch ein wichtiger Boss gewesen war: *smiling killer*.

Es waren schon einige Gäste da, aber die Band, die heute spielen sollte, war noch nicht eingetroffen; man hörte nur Lounge-Musik aus neuerer Zeit. Die Kellner wirbelten zwischen den Tischen umher – oder eigentlich waren es, wie Clara bemerkte, lauter Kellnerinnen, die in ihren ultrakurzen schwarzen Röcken so schick wie provokant aussahen und lange, schwarz bestrumpfte Beine sehen ließen.

Der Barmann war ein schöner Latino um die vierzig, der Clara verschwörerische Blicke zuwarf, als wollte er sie willkommen heißen. Er sah ein bisschen aus wie Paolo Conte in jüngeren Jahren.

Vielleicht lag es am Champagner, aber Clara fand Gunther immer verführerischer. Er lehnte lässig am Tresen und sprach mit ihr über Jazz: In einem Klub müsse man die richtige Dosis von herkömmlichen Künstlern einsetzen, die allgemein gefallen und auch jene Touristen anziehen, für die zu einem New-York-Aufenthalt ein Jazzabend gehört. Aber gleichzeitig müsse man auch anspruchsvollere Musiker engagieren, damit der Klub seinen guten Ruf behält und die Musikkritiker der angesagten Zeitungen und Zeitschriften vorbeischauen.

Clara entdeckte in ihm den Gunther wieder, den sie in Erinnerung hatte – mit jener Mischung aus strategischem Sinn und Aufmerksamkeit für das Detail, die ihm in seiner früheren Karriere so zugutegekommen war und die er jetzt auf seine Leidenschaft, den Jazz, richtete.

Das war ein Mann, der Entscheidungen traf und selbst gewählt hatte, wie er leben wollte!

Gunther hatte ihr auch schon verraten, dass er seit einigen Jahren geschieden war – »*on the road again*«. »Ich bin so froh, dich wiedergetroffen zu haben!«, sagte er, wobei er plötzlich ins Französische und zurück zum Du übergegangen war. Von Neuem spürte Clara jene warme Woge, die Gunthers verliebter Blick zu ihr hinübersandte.

Und dann, ohne die Augen von ihr zu wenden, begann er zu singen: *Let's do it*! Er hatte seinen Cole Porter noch immer gut drauf und intonierte den Song perfekt mit seiner schönen Bassstimme.

Es war bezaubernd, aber Clara bezauberte es nicht allzu sehr, denn sie hatte das Gefühl, dass Gunther dieses Lied schon für andere Frauen gesungen hatte, dass es eine gut einstudierte Nummer war.

Und doch schien das Singen Gunther solche Freude zu bereiten und ihn an ihre glücklichen Stunden zu erinnern, dass Clara wider Willen bewegt war.

Gunther bestellte bei Paolo Conte noch einmal Champagner, und Clara sagte sich, dass sie nicht zu schnell trinken durfte, denn sie wollte sich angesichts von Gunthers Verführungskünsten noch im Griff haben.

Eine Kellnerin – eine bildhübsche, groß gewachsene Schwarze – trat an Gunther heran und fragte ihn etwas wegen einer Tischreservierung.

Gunther antwortete, ohne sie anzuschauen, und fühlte sich dabei offensichtlich so unwohl, dass Clara der Gedanke kam, er schlafe mit ihr oder habe früher mit ihr geschlafen. Und als die andere beim Fortgehen Clara einen Pantherblick zuschleuderte, war sie sich ganz sicher: Die Kellnerin war mit ihren Fragen nur deshalb zu Gunther gekommen, um Clara besser in Augenschein nehmen zu können.

Alles in allem war das ja auch normal, denn war Gunther nicht geschieden und konnte tun und lassen, was er wollte? Aber plötzlich war Clara ernüchtert, und sie hatte das vage Gefühl, nur eine neue Trophäe des neuen Gunther zu sein. Wollte er seine Niederlage von damals wettmachen?

Liebe kann blind machen, aber auch sehr klarsichtig, denn Gunther las ihre Gedanken.

»Du kannst dir … du kannst dir gar nicht vorstellen, wie … wie wichtig es für mich ist, dich wiederzufinden«, stammelte er.

Wichtig schon, dachte Clara, aber wofür genau?

Plötzlich merkte sie, dass Gunther mehr getrunken hatte als sie. Allein die drei Gläser Champagner, die er vor ihren Augen geleert hatte, hätten ihn niemals über seine Worte stolpern lassen. Er musste schon etwas getrunken haben, bevor sie gekommen war; wahrscheinlich gegen das Herzklopfen vor dem Wiedersehen.

»Du und ich«, murmelte Gunther jetzt feuchten Blickes, »das war etwas ganz Großes.«

Mit einem traurigen Lächeln legte er seine Hand auf die von Clara. »All die Jahre, all die Frauen … das ist so schnell vorübergegangen wie ein Blitz. Ich habe die ganze Zeit an dich gedacht – an meine Clara. Mein Leben hatte keinen richtigen Sinn mehr …«

»Wirklich? Aber all das hier scheint mir schon Sinn zu haben«, sagte Clara und wies mit einer weiten Geste auf den Klub, die allmählich eintreffenden Jazzliebhaber und das Ballett der langbeinigen Kellnerinnen.

»Irgendwie muss man die Zeit ja totschlagen«, meinte Gunther achselzuckend. Er ließ seinen Blick aufmerksam durch den Saal schweifen, um zu prüfen, ob alles in Ordnung war, und sogleich wurde er wieder zu dem Gunther, den Clara einst gekannt hatte.

Die ersten Musiker tauchten auf und begannen sich auf der Bühne einzurichten.

»Wollen wir nicht etwas essen gehen?«, fragte Gunther.

»Bleibst du denn nicht, wenn sie spielen?«

»Gewöhnlich schon. Aber nicht, wenn du hier bist.« Erneut begann er *Let's do it, let's do it* zu summen und schaute Clara mit seinem geballten Charme an.

Und wirklich, warum hätte sie ein Abendessen mit einem Expartner ablehnen sollen?

Sabine macht Fortschritte

»Dinkelmehl! Quinoa! Bulgur! Und zu alledem unterstützt man damit die traditionelle Bewirtschaftung der Felder! Bioguavensaft!« Sabine schien in Hochform zu sein. Sie hatte ihren Abschied ausgehandelt und richtete nun dieselbe Energie, die sie bislang für ihre Firma eingesetzt hatte, auf ihr neues Projekt – einen Bioladen.

Trotz seines Liebesabenteuers führte Hector seine Arbeit so gut wie möglich weiter. Die schwierigsten Momente durchlebte er nicht in seinem Sprechzimmer, sondern wenn er allein war. Dann dachte er an Clara und an Ophélie und machte sich große Sorgen. Er schalt sich nicht mehr dafür, dass er der Versuchung nachgegeben hatte; das war ja ohnehin schon geschehen, was hätte es also gebracht, sich deswegen zu zermartern?

Was ihn beunruhigte, war das Leid, das er vielleicht hervorrufen würde. Dabei wusste er freilich, dass Beunruhigung oder Schuldgefühle allein nicht ausreichen, um den Weg des richtigen Handelns einzuschlagen. Das richtige Handeln – es war schon ein zentrales Thema der griechischen Philosophen gewesen, deren Werke der junge Antoine las. Aber an Antoine wollte Hector lieber nicht denken.

Zu alledem stand ihm sein nächstes Treffen mit dem alten François bevor. Da würde er sich verpflichtet fühlen, seinem alten Freund zu enthüllen, dass er ein Verhältnis mit dessen Enkeltochter hatte. Schon bei ihrem letzten gemeinsamen Abendessen hatte er den Eindruck gehabt, dass der alte François auf solch ein Geständnis wartete, aber vielleicht war das auch nur Einbildung gewesen – eine Illusion, die ihm vorgaukeln wollte, dass der Großvater ihm erlaubte, die Enkeltochter auszuziehen und sogar noch mehr mit ihr zu machen.

Auf jeden Fall aber ließen ihn die mit Ophélie verbrachten Stunden die Arbeit viel besser ertragen; er hatte das Gefühl, dass der Umgang mit den Patienten ihm jetzt leichter fiel und dass er mehr Mitgefühl für ihr schwieriges Leben aufbrachte.

Und an diesem Morgen war es ihm ein Vergnügen, Sabine zu sehen – eine neue und hoffnungsvolle Sabine, die ihre Midlife-Crisis nicht mehr beweinte, sondern ihr Leben durch eine entschlossene Entscheidung selbst in die Hand nahm.

»Es waren Ihre Worte über den Wertekonflikt zwischen der Firma und dem Beschäftigten. Das hat mir klargemacht, dass ich mit dieser Arbeit nicht mehr glücklich geworden wäre, denn meine Wertvorstellungen kann ich nicht ändern. Als ich jung war, habe ich keine großen Gedanken daran verschwendet, aber inzwischen sind mir die Umwelt, gesunde Ernährung und so weiter immer wichtiger geworden. Und wenn es mir privat so wichtig ist – warum sollte ich nicht meinen Beruf daraus machen?«

Für Hector hörte sich das alles sehr vernünftig an. Jedenfalls war es längst nicht so unvorsichtig, wie eine Liaison mit einer jungen Frau zu haben, die so alt war wie die eigene Tochter.

»Ich habe das nötige Startkapital, weil ich die Aktien verkauft habe, die ich von meiner Firma hatte. Und dann bin ich eine gute Geschäftsfrau, ich kenne die Branche, und ich werde die Produkte, die ich verkaufe, auch selbst mögen! Und vor allem – vor allem ist es eine Wachstumsbranche!«

»Und was hält Ihr Mann davon?«

»Tja«, sagte Sabine, und das Lächeln schwand von ihrem Gesicht, »das ist das eigentliche Problem.«

»Er ist nicht einverstanden?«

»In der ersten Phase werden wir zwangsläufig geringere Einkünfte haben …«

»Haben Sie mit ihm schon darüber gesprochen?«

»Ähm ... er möchte sich gerne mit Ihnen treffen ...«

»Selbstverständlich, wir können gleich einen Termin machen.«

»Er ist schon hier«, sagte Sabine. »Im Wartezimmer.«

Sabines Ehemann war ungefähr so, wie Sabine ihn beschrieben hatte, und das überraschte Hector. Er war es gewohnt, dass in seine Praxis bescheidene und angenehme Ehepartner kamen, die man ihm als narzisstische Perverse beschrieben hatte, oder aber eingefleischte Egoisten, über die man ihm gesagt hatte, sie seien im Grunde anbetungswürdig. Aber nein, hier saß ihm ein großer, sympathischer Bursche gegenüber, der tatsächlich wie ein flatterhafter Tennislehrer aussah und die meiste Zeit gut gelaunt sein musste. Nun aber schaute er finster und sogar zornig drein.

»Ich finde die Idee total verrückt«, sagte er und blickte dabei Hector an, als sei der schuld an allem.

»Aber nein, mein Schatz«, sagte Sabine, »ich habe es mir gut überlegt, und es ist eine Sache, die mir wirklich liegt.«

»Uns fehlen aber die Mittel für deine tolle Idee.«

»Am Anfang werden wir den Gürtel eben ein wenig enger schnallen müssen ...«

Und du, mein Junge, könntest ja mal versuchen, etwas mehr zu arbeiten, dachte Hector. Aber das sollte ihm Sabine lieber selbst sagen. Und da sprach sie es auch schon aus: »Du könntest ein paar Stunden mehr geben!«

Aber ihr Mann starrte nur Hector an. »Sie sind es also, der ihr diese Idee in den Kopf gesetzt hat!«

»Es tut mir leid, dass Sie das denken, aber so war es ganz und gar nicht.«

»Tut mir leid, tut mir leid«, äffte Sabines Mann ihn nach. »Sie müssen ja auch nicht die Folgen tragen!«

»Beruhige dich doch, mein Schatz, der Doktor kann überhaupt nichts dafür ...«

Aber ihr Ehemann beruhigte sich nicht. Er erinnerte Hector an ein kleines Kind, dem man die Nuckelflasche wegzieht.

»Sie wird unser ganzes Leben ruinieren, und Ihnen, Ihnen ›tut es leid‹!«

»Hören Sie bitte«, sagte Hector, »ich schlage vor, dass wir in aller Ruhe miteinander reden.«

»Sie mit Ihrem Psychiaterscheiß! Und wenn ich vielleicht keine Lust habe, in aller Ruhe mit Ihnen zu reden? Ich werde es nicht zulassen, dass man unsere Familie kaputt macht!«

»Hör doch auf, ich muss mich wirklich für dich schämen.«

Sabine schaute ihren Mann entnervt an, und plötzlich wurde Hector klar, dass der Ärmste noch nicht ahnte, dass ihn hinter der nächsten Kurve womöglich noch eine andere große Veränderung erwartete.

»Das lasse ich Ihnen nicht so einfach durchgehen«, sagte Sabines Mann. »Ich werde Sie vor der Ärztekammer verklagen. Und eines sollten Sie wissen – ich habe meine Beziehungen!«

Nun begann sich auch Hector für ihn zu schämen. Vielleicht hätte er mit Sabine gründlicher besprechen sollen, welche Konsequenzen ihre Entscheidung für das Eheleben haben könnte, aber na gut, man kann nicht an alles denken.

»Hören Sie«, sagte Hector, »ich bin gern bereit, mit Ihnen darüber zu reden, aber nicht in diesem Ton!«

»Reden, reden … aber ich habe vielleicht keine Lust auf Ihr Gerede, sondern will Ihnen bloß sagen, dass Sie ein Idiot sind, ein Nichtskönner, der meiner Frau nichts als Flausen in den Kopf gesetzt hat!«

Sabines Ehemann war von seinem Stuhl aufgesprungen und brüllte herum. Nein, dachte Hector, das konnte doch nicht sein – binnen einer Woche in zwei Schlägereien verwickelt zu werden!

Da ging die Tür auf, und man vernahm eine dröhnende Stimme. »Was ist hier los?«

Es war Roger, und er sah so knurrig aus wie ein Bär, den man beim Mittagsschlaf gestört hat.

»Roger! Sind Sie schon lange da?«

»Ja, tut mir leid, dass ich ohne Termin gekommen bin, aber ich musste dringend mit Ihnen sprechen … Und wie ich so wartete, vernahm ich plötzlich ein höllisches Geheul, das Toben des Bösen!« Und bei diesen Worten ließ Roger den Ehemann von Sabine nicht aus den Augen.

Der stand da wie zur Salzsäule erstarrt, und Hector sah, dass er gar nichts mehr verstand: War Roger ein Patient, ein Freund von Hector, ein Leibwächter?

Draußen vor dem Fenster bimmelte die Glocke von Saint-Honoré-d'Eylau.

»Ich denke, wir gehen jetzt lieber, Doktor«, meinte Sabine.

Roger will ein neues Leben anfangen

»Wir werden uns eine ganze Weile nicht sehen«, sagte Roger und setzte sich.

Er machte einen ruhigen Eindruck; wahrscheinlich nahm er seine Medikamente wieder ein – oder aber das Mittel, das Hector ihm beim letzten Mal gegeben hatte, wirkte noch immer.

Zuerst dachte Hector, Roger wolle ihm mitteilen, er werde nun doch in die Vorstadt umziehen. Aber da irrte er sich gewaltig.

»Doktor, ich gehe nach Afrika!« Und Roger lachte kurz auf, als könne er selbst kaum glauben, was er da sagte, als könne er es noch gar nicht richtig fassen.

Im ersten Moment fürchtete Hector, Roger habe sich in den Kopf gesetzt, den Maghreb zu rechristianisieren, und sich dabei ein wenig im Jahrhundert geirrt. Aber an diesem Morgen lag Hector mit fast allem falsch.

Roger wollte sich als freiwilliger Helfer einer religiösen Gemeinschaft anschließen, die sich in einer gerade von einem Erdbeben zerstörten Stadt in Afrika an den Wiederaufbauarbeiten beteiligte. Auf diese Idee war er gekommen, als er in seiner Kirche Fotos von den Ruinen gesehen hatte; man hatte um Hilfsgelder gebeten und sogar um Aufbauhelfer. Roger hatte mit dem Pfarrer darüber gesprochen, und der hatte ihn zu Hector geschickt.

Hector fand, dass es tatsächlich eine gute Idee war. Dort unten hätte Roger das Gefühl, nützlich zu sein, und er würde unter Leuten leben, die sich über seine Anwesenheit freuten, während er hier nur jemand war, der nicht groß was zu tun hatte und von einer Behindertenrente lebte. Im Wiederaufbaucamp gab es sogar einen Arzt, der bei Hector anrufen konnte, falls es ein Problem gab. Aber Hector war überzeugt, dass es kein Problem geben würde, solange Roger seine Medikamente nahm.

Und tatsächlich hatte er wieder damit angefangen, sie zu schlucken, und bat Hector sogar, ihm eine ganze Stange davon zu verschreiben, damit er welche auf Vorrat hatte, denn in Afrika fehlt es oft schon an normalen Medikamenten und erst recht an Psychopharmaka.

»Aber was genau wollen Sie dort tun?«

»Oh, an Arbeit fehlt es nicht. Schulen müssen wiederaufgebaut werden, sogar Toiletten ... Sie wissen doch, damit kenne ich mich ein bisschen aus.«

Und da fiel Hector wieder ein, dass Roger, ehe er seine Laufbahn als psychisch Kranker begonnen hatte, auf dem Bau tätig gewesen war, wo man stämmige Kerle wie ihn brauchte – ebenso wie in der Ruinenstadt, in die er jetzt gehen wollte.

»Aber, Roger, eines Tages werden Sie doch sicher zurückkommen?«

»Die Wege des Herrn sind unergründlich«, sagte Roger und erhob sich. »Auf jeden Fall möchte ich Ihnen für alles danken, was Sie für mich getan haben.«

Als Roger gegangen war, merkte Hector überrascht, dass er ihn ein wenig beneidete.

Roger würde wirklich ein neues Leben anfangen! Er würde einen neuen Kontinent entdecken und beim Wiederaufbau einer Stadt helfen, die ein Erdbeben in Trümmer gelegt hatte.

Er hingegen, Hector, blieb auf seinem Stuhl sitzen und wartete auf den nächsten Patienten, der sich zum Glück ein wenig verspätet hatte. Aber natürlich konnte er auch Ophélie als seinen neuen Kontinent betrachten, und ein Erdbeben war sie sowieso ...

Hector, der alte François und die moderne Kunst

Ophélie hatte ihm für diesen Abend eine Einladung zu der Vernissage eines zeitgenössischen Künstlers in einer Galerie an der Place des Vosges gegeben. Eine Freundin arbeitete dort, und so war sie an die Einladungen gekommen. Der Künstler war das, was man einen internationalen Star nannte; man konnte seine Werke in den Kunstmagazinen sehen, die in den Wartezimmern richtig teurer Fachärzte herumlagen. Es war also ein ziemlich mondänes Ereignis.

Hector hatte sich gewundert. Wollte Ophélie, dass man sie für ein Paar hielt? Strebte sie einen Fortschritt in ihrer Beziehung an – vom ersten Kuss ins Bett, vom Bett an den Strand und ins Restaurant und jetzt unter aller Augen? Aber eine zweite Nachricht beruhigte ihn wieder. Ophélie würde schon vor der Vernissage in der Galerie sein, um ihrer Freundin zu helfen. Er sollte später dazukommen, wenn er Feierabend hatte. Sie würden also nicht gemeinsam hingehen.

Hector dachte auch an seine Tochter, die in wenigen Tagen in Paris ankommen wollte. Er verspürte den absurden Wunsch, sie Ophélie vorzustellen. Ein Teil von ihm wäre glücklich gewesen, wenn sich die beiden jungen Frauen unterhalten hätten; sie waren dafür geschaffen, gut miteinander zurechtzukommen. Aber natürlich ging das nicht.

Als er zur Place des Vosges kam, dämmerte es schon. Der Platz breitete vor ihm seine wunderbare quadratische Symmetrie aus, seine seit vier Jahrhunderten unveränderten Fassaden aus Backstein und Kalkstein, seine perfekt ausgerichteten Arkaden. Es war eine Kulisse, die Hector bei hellem Tageslicht beinahe bedrückend fand in ihrer Perfektion.

Abends jedoch, wenn hinter den Fenstern, die aus kleinen quadratischen Scheiben zusammengesetzt waren, die Lampen angingen, wurde der Platz richtig gemütlich, und man hätte sich ausmalen können, dass in den Salons noch immer Renaissancefeste stattfanden.

»Na, lieber Freund, was halten Sie davon?«

Hector hatte nicht damit gerechnet, dem alten François zu begegnen, aber war es nicht normal, dass Ophélie auch ihren geliebten Großvater eingeladen hatte? Sie standen neben einer Skulptur, die eine auf eine Gabel gespießte Wurst darstellte, vollkommen realistisch und keineswegs ungewöhnlich, außer dass das Ganze gut und gern drei Meter hoch war.

»Ich finde es nicht sehr … nicht sehr berührend«, sagte Hector.

»Stimmt!«, sagte der alte François. »Mir geht es genauso. Aber man wird Ihnen erklären, dass die zeitgenössische Kunst – von der heutigen Musik ganz zu schweigen – auch gar nicht dazu da ist, uns zu berühren; sie soll uns eindringlich befragen, zum Nachdenken bringen, aufstören, zur Teilnahme bewegen und überraschen (obwohl Überraschung vielleicht doch eine unserer Grundemotionen ist, wenn sich auch Darwin nicht ganz sicher war). Und manchmal soll sie uns sogar lächerlich machen, weil wir imstande sind, so ein Werkchen zu bewundern …«

Der alte François war genauso gut in Form wie die vergangenen Male, er sprach mit der Verve eines jungen Mannes, und Hector fiel auf, dass er nicht umhinkonnte, den langen Beinen und hohen Absätzen der schönen Frauen, die nahe an ihnen vorbeigingen, einen kurzen Blick hinterherzuschicken. Die Begleiter dieser Damen waren oft schon einige Jahre älter, aber genauso elegant, gut gekleidet und frisiert, und sie hatten die so umgängliche wie selbstsichere Art von Leuten, die schon seit Langem nicht mehr damit rechnen, dass ihnen jemand widerspricht. Bestimmt waren es potenzielle Kunden.

Aber wie Ozeankreuzer, die durch eine Flotte aus kleinen

Schiffchen steuern, mischten sich diese Paare mit ebenso zahlreichen jungen Leuten, die aus der Kunstwelt kamen, aber sich keines dieser Werke kaufen konnten – Journalisten, junge Künstler und Galeristen, die eine zerzaustere, buntscheckigere und fröhlichere Menge bildeten.

»Eigentlich kann man die Kunst noch immer als soziale Praxis betrachten«, sagte der alte François, »und doch frage ich mich, ob ich nicht eher den Geschmack der Renaissancefürsten teile als den der russischen oder chinesischen Oligarchen, die zeitgenössische Kunst kaufen, um ihre Milliardärsfreunde zu beeindrucken und den Anschein zu erwecken, dass sie nicht nur ungebildete Geldhaie sind, sondern eine Künstlerseele haben …«

»Nicht anders als die Adligen der Renaissance«, meinte Hector.

»Ja«, sagte der alte François lachend, »da haben Sie wohl recht.«

Sie nahmen jeder ein Glas Champagner von dem Tablett, das ihnen ein weiß gekleideter Kellner hinhielt, und gleich darauf kam ein zweiter Kellner vorbei, der ihnen kleine warme Häppchen mit Flusskrebsen und Spargel anbot.

Hector genoss diesen Augenblick und fragte sich doch zugleich, wann Ophélie auftauchen würde und ob der alte François etwas von ihrem Verhältnis ahnte. Bei diesem Gedanken leerte er schnell sein Glas und griff sofort nach einem neuen.

Er spürte, dass ihn jemand beobachtete, und tatsächlich – in ein paar Schritten Entfernung, am Fuße eines Brokkolikopfes, der aus einem schwach glitzernden grünen Material gemacht und so groß wie ein kleiner Baum war, erblickte er seine Patientin Olivia.

Hector nickte ihr diskret zu, um ihr zu zeigen, dass er sie nicht hochnäsig übersah, aber trotzdem nicht erwartete, dass sie miteinander sprachen. Das war eine der Regeln seines Faches, um in der Öffentlichkeit das Berufsgeheimnis zu wahren, gerade als Psychiater. Im Allgemeinen sind die Leute ganz entzückt, wenn sie dem Bekanntenkreis ihren Chirurgen vorstellen können (»Das ist der Mann, der mir das Leben gerettet hat!«) oder ihren Hausarzt (»Unser Familiendoktor und zugleich ein guter Freund …«), aber ihren Psychiater präsentierten sie nur selten gern (»Der Mann, der mich daran gehindert hat, Riesendummheiten anzustellen!«).

Aber Olivia kam nun von selbst auf die beiden Ärzte zu. Hector hatte sie gewöhnlich sitzen sehen, und erst jetzt wurde ihm bewusst, wie groß sie war – eine richtige Bohnenstange, aber auch wirklich reizend mit ihrem Blick eines empörten Teenagers, ihren Ohrringen aus der Dritten Welt und ihrem langen Kleid im Hippie-Look.

»Guten Abend, Doktor, ich wusste gar nicht, dass Sie sich für zeitgenössische Kunst interessieren …«

Hector stellte sie dem alten François vor und sagte ihm, dass sie Kunstlehrerin sei. Woher er sie kannte, erläuterte er nicht weiter, aber er spürte, dass sein alter Kollege es sofort erraten hatte.

»Ah, da werden wir etwas über die Sichtweise einer Kennerin erfahren!«, meinte der alte François. »Ich habe mir schon gesagt, dass dieser Künstler wenigstens ein Verdienst hat: Er meidet die beiden großen Klischeethemen der heutigen Kunst – Sex und Tod. Wie denken Sie darüber?«

Olivia lächelte, sichtlich bezaubert von der Aufmerksamkeit, die der alte François ihr schenkte.

»Hier, ich habe dir ein Glas mitgebracht … Oh, guten Abend, Doktor.« Das war Tristan, so elegant wie immer. Er war gerade mit einem Glas Champagner für Olivia vom Büfett gekommen.

Olivia zwinkerte Hector fast unmerklich zu.

Und sofort musste er daran denken, was sie ihm in der Sprechstunde gesagt hatte: »Ein Mann, der sich um mich kümmert …«

Der einzige unregulierte Markt

Und dann hatte Ophélie ihren Auftritt, und Hectors Herz machte einen kleinen Sprung in seiner Brust, als sie erst ihren Großvater küsste und dann ihm selbst die Wange hinhielt, als wären sie einfach nur gute Freunde.

Sie war schön wie der Tag und benahm sich völlig ungezwungen. Sogleich begann sie sich mit Olivia und Tristan zu unterhalten und erklärte ihnen, welch großer Erfolg es für die Galerie war, einen so berühmten Künstler gewonnen zu haben.

Die Tabletts mit den Champagnergläsern schwebten weiterhin kreuz und quer durch den Raum, und plötzlich musste Hector daran denken, wann er das letzte Mal zu viel getrunken hatte: während des Diners bei Robert und Denise.

Wie sehr sich sein Leben seit diesem Abend verändert hatte, auch wenn es vordergründig dasselbe geblieben war!

Er stand jetzt neben Tristan, der ihm vertraulich zuraunte: »Das hier ist die Zukunft. Meine jedenfalls.«

Hector dachte erst, er meinte Olivia, aber nein – jedenfalls nicht nur, denn Tristan fuhr fort: »Zeitgenössische Kunst ist der einzige unregulierte Markt.«

Und dabei blickte er Hector an, als wollte er prüfen, ob der auch die Tragweite dieser Information begriffen hatte.

»Tatsächlich? Was wollen Sie damit sagen?«

»Hier darf man noch alles, was in der Finanzwelt verboten ist und bestraft wird, wenn man sich erwischen lässt: Insiderhandel, Interessenkonflikte, Preismanipulation – hier ist das erlaubt oder jedenfalls leicht zu machen! Experten, Galeristen, Journalisten, Kuratoren – verglichen damit regiert an der Börse die Tugend!«

»War Ihnen das schon lange klar?«

»Oh, ich habe Kunden, die Kunstsammler sind ... Wissen Sie, das ist ja auch eine gute Investition. Aber jetzt verstehe ich es noch viel besser.«

»Da haben Sie bestimmt eine gute Lehrerin gehabt?«

Tristan musste kurz auflachen. »Na ja, mehr als das. Für mich ist das eine ganz neue Geschichte ...« Und dabei schaute er zu Olivia hinüber, die sich angeregt mit Ophélie unterhielt.

Dann erzählte er Hector, wie er eines Tages aus der Sprechstunde gekommen war und Olivia gesehen hatte. Sie hatte auf der Bistroterrasse einen Kaffee getrunken, weil sie auf den Beginn ihrer Sitzung wartete, und plötzlich hatte Tristan Lust bekommen, sich mit ihr zu unterhalten, um ihr zu erklären, dass er kein Dreckskerl war.

Hector aber musste sich fragen, ob zum Anbahnen großer Veränderungen im Leben sein Warteraum nicht vielleicht ein geeigneterer Ort war als das Behandlungszimmer.

Der zweifache Hector

Später trafen sich Hector und Ophélie in einem Restaurant am anderen Seineufer wieder, denn Hector hatte keine Lust, anderen Gästen der Vernissage wiederzubegegnen. Er hatte beschlossen, mit Ophélie in Léons Restaurant zu gehen; der Galeriebesuch hatte ihn praktisch von der Furcht befreit, mit ihr in der Öffentlichkeit erblickt zu werden, und es hätte ihm sogar nichts ausgemacht, wenn der alte François sie zusammen gesehen hätte. Übrigens hatte Hector seinem Kollegen vorgeschlagen mitzukommen, aber der hatte gesagt, er sei schon verabredet, und Hector war plötzlich verlegen gewesen, weil er angedeutet hatte, er würde im Restaurant ein Tête-à-Tête mit Ophélie haben. Aber dann glaubte er im Blick und im Lächeln seines alten Freundes mit Erstaunen so etwas wie dessen Segen dazu zu lesen. Und doch kannte und mochte der alte François auch Clara!

Hector wusste, dass sie bei ihrem nächsten Zusammentreffen darüber reden würden, aber jetzt war erst einmal der richtige Moment, um über Ophélie in Entzücken zu geraten. Sie war begeistert, mit Hector in diesem neuen Restaurant zu sein: Man hatte die Steinwände unverputzt gelassen, und die Deckenbalken waren noch sichtbar, aber die Möbel und der Fußboden waren aus rotem Holz, das direkt aus Asien gekommen zu sein schien. Das passte zu den Gerichten, die auf den ersten Blick sehr einfach und traditionell waren, aber auch eine Spur fernöstlicher Raffinesse zeigten: Wildschweinragout, aber mit Ingwer gewürzt, Lammrücken mit Wasabi … Auch die Weinkarte war ungewöhnlich, denn außer den Klassikern aus der Region von Bordeaux, der Bourgogne und dem Loiretal gab es sorgfältig ausgewählte Weine von Gütern aus dem Languedoc. Ophélie ließ sich vom Sommelier einen Chardonnay empfehlen, während Hector dem roten Sancerre treu blieb.

Aber trotz des gedämpften Lichts, der hübschen weißen Tischdecke und des bezaubernden Anblicks von Ophélie, die vor dem Hintergrund der alten Steine so schön war wie eine Ikone, war Hector melancholisch zumute.

Clara würde bald zurückkommen, und er wusste, dass er nicht mehr imstande sein würde, sich weiterhin mit Ophélie zu treffen, wenn seine Frau wieder da war. Nicht, dass er nicht gewusst hätte, wie man so etwas verheimlicht: Hectors abenteuerliche Junggesellenzeit war nicht frei gewesen von geschickt verschleierten Seitensprüngen – aber das war der Sturm und Drang der Jugend gewesen. Er wusste, dass sein Herz dazu mittlerweile nicht mehr imstande sein würde.

Er liebte Clara, er konnte sich ein Leben ohne sie nicht vorstellen, und er wusste, er würde sich nicht aus ihren Armen lösen können, um zu Ophélie zu gehen – oder umgekehrt.

Zugleich sagte er sich, dass Ophélie gewiss sein letztes Liebesabenteuer war, und dieser Gedanke war nicht gerade Balsam für seine Midlife-Crisis.

»Du siehst so nachdenklich aus«, sagte Ophélie.

»Ich denke an uns.«

»Also wirklich – und das macht dich nicht fröhlich?«, sagte Ophélie und lachte so sehr, dass man alle ihre hübschen Zähne sehen konnte.

»Nein, nein, ich bedaure nur, nicht dasselbe Gericht wie du gewählt zu haben …«

Ophélie musste über Hectors Ausweichmanöver lächeln, aber sie wusste gut, dass Hector aus anderen Gründen melancholisch gestimmt war – aus ernsthaften Gründen, denen sie in ihren Gesprächen immer ausgewichen waren.

»Doktor!« Aus dem Hintergrund des Gastraumes trat Léon

auf sie zu, ganz in Weiß gekleidet, wie es sich für einen Küchenchef gehörte, und mit fröhlicher Miene.

»Welche Ehre für mein Haus!«, sagte er und zog einen Stuhl heran.

Hector stellte die beiden einander vor und nannte Ophélie »eine Freundin«. Einen Augenblick hatte er daran gedacht, »meine Nichte« zu sagen, aber das war die klassische Lüge eines alten Verführers, und er verwarf den Gedanken gleich wieder.

Ophélie war bezaubert, einen echten Chefkoch ganz aus der Nähe zu sehen. Sie fragte ihn, weshalb er sich gerade von Asien inspirieren lasse. Léon, der ihr aufrichtiges Interesse spürte, berichtete von seinen Aufenthalten in Fernost, wo er in mehreren Hauptstädten Küchenchef von großen Hotels gewesen war.

»Ich habe die französischen Restaurants in diesen Hotels geführt«, sagte er, »aber wenn man dort lebt, geht man zwangsläufig auch auf den Markt und schaut, was es da gibt. Und das war eine Revolution in meinem Leben!« Und mit einem Seitenblick auf Hector fügte er hinzu: »Ein bisschen wie die, die sich im Moment abzeichnet …«

Als Hector das Restaurant betreten hatte, war ihm aufgefallen, dass dort nur zwei Paare beim Essen saßen, aber Léons Optimismus wirkte ungetrübt.

»Gestern hatte ich eine gute Besprechung in der *Herald Tribune*! Das wird mir eine Menge Zulauf bringen …«

Hector hoffte, dass er recht behielt. Er wusste, dass Leute wie Léon zu Höhenflügen und tiefen Abstürzen neigten. Sie durchliefen Phasen von unbändiger Energie (wie Léon im Moment), konnten aber auch sehr deprimiert sein. Irgendwann würde sich für Léon die Frage einer Lithiumbehandlung stellen.

Der Sommelier, ein junger Mann (wenn einem sogar schon die Weinkellner jung vorkommen, gehört man wirklich nicht mehr zu den Jungen, dachte Hector), kam auf Léon zu und sagte ihm, dass man seine Hilfe in der Küche brauche.

»Entschuldigen Sie mich bitte, ich muss zurück an die Arbeit …«

Und nachdem er sich noch schnell beim betagten amerikanischen Ehepaar am Nachbartisch erkundigt hatte, ob alles in Ordnung sei, verschwand er wieder in der Küche.

»War das einer von deinen Patienten?«

»Wenn es so wäre, dürfte ich es dir nicht sagen.«

Diese Antwort amüsierte sie offensichtlich.

»Und wenn jemand dich fragen würde, ob du ein Verhältnis mit mir hast?«

»Kommt darauf an, wer mich das fragt.«

»Deine Frau zum Beispiel?«

Hector erstarrte.

Ophélie hatte eine stillschweigende Übereinkunft gebrochen; von Clara oder Antoine war zwischen ihnen nie die Rede gewesen. »Und wenn dein Verlobter dich das fragt?«

Ophélie blickte ihn schweigend an. Dann sah er, wie ihre Augen feucht wurden. Unter ihrer Fassade des großen, unbesiegbaren Mädels war sie letztlich doch das kleine Rotkäppchen. Hector wurde bewusst, dass er einen Altersvorteil genoss: Mit den Jahren leidet man weniger. Aber wenn er mit Ophélie jetzt auf diesem Niveau weiterredete, wäre es so, als steige ein erfahrener und hartgesottener Kämpfer mit einem blutjungen Anfänger in den Boxring.

»Entschuldige bitte«, sagte er und legte seine Hand auf die von Ophélie.

»Aber ich war es doch, die angefangen hat«, meinte sie.

Sie wurden davon unterbrochen, dass die Kellnerin zu ihnen an den Tisch trat. Sie hatte Ophélies Alter, war aber von beeindruckendem Ernst erfüllt, als sie die beiden Teller hinstellte. Ophélie spießte ein Stück Entenfleisch auf, tunkte es in die Wasabisoße und sagte: »Ich werde nie bereuen, diese Reise gemacht zu haben.«

»Diese Reise?« Hector dachte, sie meinte ihren Aufenthalt in der Normandie, aber er irrte sich.

»Unsere Geschichte ist doch wie eine Reise.«

Unsere Geschichte ... Diese Worte berührten Hector. Er hatte dem, was mit ihnen geschehen war, niemals einen Namen gegeben. Und doch war es ein vieldeutiges Wort: Eine Geschichte hatte immer einen Anfang und ein Ende.

»Und warum ist es für dich eine Reise?«

»Weil man beim Reisen sein Zuhause verlässt, von sich selbst fortgeht.«

»Und dann wieder zurückkehrt?«

Ophélie lächelte, und es war ein trauriges Lächeln. »Man weiß doch immer, dass man wieder zurückmuss. Nicht wahr?«

Was sollte er darauf entgegnen?

Hector spürte, dass zwei Ophélies vor ihm saßen. Die eine hoffte, dass er Nein sagen würde – nein, niemand sei verpflichtet, nach Hause zurückzukehren, und sie beide, Hector und Ophélie, gleich gar nicht, und es gebe eine gemeinsame Zukunft für sie.

Aber zugleich erriet er, dass es eine andere Ophélie gab, die genauso wirklich war und auf demselben Stuhl saß. Diese Ophélie wusste genau, dass ihre Geschichte keine Zukunft hatte; Hector war für sie von Anfang an ein interessanter Reisegefährte gewesen, aber sie hatte auch immer an die Rückfahrt gedacht.

Und plötzlich sah er, wie sich Ophélies Augen – die Augen der ersten Ophélie – neuerlich mit Tränen füllten und wie sie nach ihrer Serviette griff, um es vor Hector zu verbergen. Dann wurde sie wieder zur zweiten Ophélie und sagte: »Ich weiß doch sowieso, dass es nicht von Dauer gewesen wäre. Ich kenne mich ja ... Wollen wir noch mal in die Speisekarte des großen Chefkochs schauen?«

Es war großartig, aber Hector spürte, dass die erste Ophélie noch nicht verschwunden war. Und da begann er sich zu fragen, ob es nicht auch in ihm zwei Hectors gab ...

Clara spielt mit dem Feuer

Gunther hatte Clara in ein exzellentes Fischrestaurant an der Ecke von Spring Street und Sixth Avenue geführt; es herrschte dort ein lässiger Schick, und es gab viele Stammgäste. Gunther wurde wie ein alter Freund empfangen und begrüßt.

Alle Tische waren besetzt, aber er bekam sofort zwei Plätze an der Ecke des Tresens, wodurch sie ziemlich eng beieinandersaßen und noch dazu einen großartigen Blick auf den ganzen Speisesaal hatten, auf die Gäste, meistenteils Pseudobohemiens, die geradewegs aus den neuesten Filmen von Woody Allen zu kommen schienen, und auf die Austern, die man vor ihren Augen öffnete.

Clara fragte sich, ob Gunther das nicht doch alles geplant hatte. Vielleicht hatte er genau diese Plätze reserviert, auf denen man intimer zusammensaß als an einem Tisch, und trotzdem hatte Clara denken sollen, dass er nicht sicher gewesen war, ob sie seine Einladung annehmen würde. Das hätte dem Gunther von früher ähnlich gesehen.

Auf der Austernkarte gab es zahlreiche ihr unbekannte Sorten von der Atlantik- und der Pazifikküste: Blue Point, Coromandel, Otte Core, East Beach Blonde, Shigoku ... Gunther stellte eine Auswahl zusammen, und empfahl auch die Reihenfolge, in der sie gegessen werden sollten.

Clara hatte Austern immer schon geliebt und war begeistert.

Sie tranken einen vorzüglichen Sancerre, und Clara wunderte sich, wie vertraut Gunther ihr vorkam, wo sie doch vor so vielen Jahren auseinandergegangen waren, dass Clara die genaue Zahl lieber nicht ausrechnen wollte. Lag es am Wein, an den Austern, an der körperlichen Nähe hier an der Bar, am sanften Licht, das ihr die früheren Abendessen mit ihm in Erinnerung rief?

»Das ist New York«, sagte Gunther, »die ganze Welt auf deinem Teller!«

Und in deinem Bett, dachte Clara, und das Bild der dunkelhäutigen Kellnerin stand ihr wieder vor Augen. Aber gut, daran war nichts Empörendes, immerhin war Gunther ja ungebunden.

Sie begannen eine vorsichtige Unterhaltung, als hätte Gunther begriffen, dass er im Vergleich zu seinen vertraulichen Geständnissen an der Klubbar einen Gang zurückschalten musste. Zunächst sprach er über die ersten Jahre in seiner neuen Rolle, über die Zeit, als der Meat Packing District noch eine gefährliche Gegend gewesen war, in die man nur aus zwielichtigen Gründen kam.

In der Anfangszeit des Klubs hatte er es kaum geschafft, gute Musiker zu gewinnen, und wenn es ihm doch einmal gelungen war, hatten diese Künstler oft die ärgerliche Neigung gehabt, betrunken zu erscheinen oder sich mit Drogen vollzupumpen. »Und dann haben die hiesigen Zuhälter meinen Manager bedroht und Prozente verlangt. Ich habe ihnen gesagt, der Klub werde ihnen Kundschaft bringen, und eigentlich müssten wir Geld von ihnen verlangen!«

»Und dann?«, fragte Clara, die unwillkürlich ziemlich fasziniert zuhörte.

»Es gab harte Zeiten, wo ich immer auf der Hut sein musste, aber bald habe ich mich mit dem örtlichen Polizeirevier gut verstanden … Und vor allem war einer der Zuhälter ein Jazzliebhaber, und wir sind Freunde geworden.«

Gunther bestellte mit einer Handbewegung die nächsten Austern. »Aber heute ist alles anders, jetzt ist es ein reiches Szeneviertel – für Leute wie mich! Schau nur, ich trage nie mehr eine Krawatte …«

Sein pechschwarzes Poloshirt von Armani sollte Clara vor Augen führen, wie sehr er sich verändert hatte.

»Und dann habe ich mir eine Loftwohnung mit Blick auf den East River gesucht. Es ist wirklich paradiesisch. Ich habe mir dort einen richtigen Profiherd einbauen lassen, denn du weißt ja, dass ich schon immer gern gekocht habe. Inzwischen kann ich es auch ziemlich gut, wenn ich meinen Gästen glauben darf ... Manchmal denke ich, ich sollte ein Restaurant neben dem Klub eröffnen. So würde ich den ganzen Abend meiner Kunden unter Kontrolle haben ...«

»Immer willst du alles unter Kontrolle haben«, lachte Clara.

Gunther warf ihr einen beunruhigten Blick zu, als wäre ihm gerade erst bewusst geworden, dass er ein wenig zu viel und zu selbstbewusst von sich erzählte, auch wenn alles stimmte. Aber da wurde schon der nächste Gang aufgetragen, für Clara ein Salat von Avocados und Hummer aus Maine und für Gunther ein lauwarmer Tintenfischsalat. Clara gab das einen kleinen Stich ins Herz, denn es war auch eines von Hectors Lieblingsgerichten.

Aber vielleicht war ja sie selbst das Lieblingsgericht von Hector wie von Gunther? Bei Hector allerdings war sie nicht mehr so sicher.

Plötzlich fiel ihr auf, dass die Flasche umgekehrt im Eiskübel steckte; sie hatten sie schon geleert, obwohl sie gar nicht den Eindruck gehabt hatte, viel zu trinken. Mit einer Geste, die von seiner natürlichen Autorität zeugte, bestellte Gunther eine zweite.

Und schließlich kamen sie zur Nachspeise, einem *New York Cheese Cake*, und während er ihr auf der Zunge zerging, fragte sich Clara, ob so ein Dessert nicht besser war als alle Drogen der Welt, wobei sie zugeben musste, dass sie es mit Drogen noch nicht probiert hatte.

»Bleib doch einfach bei mir«, sagte Gunther.

»Wie bitte?«

»Bleib bei mir in New York!« Mochte Gunther auch vorsichtig angefahren sein, jetzt hatte er direkt in den fünften Gang hochgeschaltet!

»Aber Gunther, ich habe eine Familie ...«

»Du hast doch gesagt, dass sie dich nicht mehr brauchen ...«

Hatte sie das wirklich gesagt? Oje, der Champagner und der Zinfandel hatten ihr zu sehr die Zunge gelöst.

»Gut«, sagte Gunther, »ich verstehe dich ja. Das alles kommt jetzt ein bisschen überstürzt. Aber dich zu sehen ist ein solches Glück für mich.«

Und er begann wieder damit, Clara mit seinem warmen Blick eines verliebten Mannes einzuhüllen, und Clara fühlte sich wohl in den Strahlen, die von seinen Augen ausgingen, aber gleichzeitig hatte sie das Gefühl, etwas zuzulassen, das sie eigentlich hätte abwehren müssen.

Am Ende nahmen sie ein Taxi, Gunther nannte dem Fahrer seine Adresse, und Clara ließ es geschehen.

Gunthers Wohnung war tatsächlich ein Loft mit herrlichem Blick auf den East River, aber die Möblierung wirkte ein wenig kalt, als hätte bei der Einrichtung nie eine Frau ihre Hand im Spiel gehabt.

Clara stand am großen Fenster, schaute auf die Lichter am Flussufer und fragte sich, was sie hier eigentlich tat. Es war, als steckten zwei Claras in ihr: Die eine war bereit, nachzugeben und die Nacht hier zu verbringen, aber die andere sagte, dass sie schnellstmöglich gehen sollte.

Gunther trat zu ihr, nahm sie in die Arme und wollte sie küssen.

Sie sträubte sich nicht.

Aber dann plötzlich hatte sie das Gefühl, etwas zu zerbrechen; sie hatte seit ihrer Hochzeit nie einen anderen Mann als Hector geküsst. Mit einem Mal beobachtete sie sich wie von außen – eine Frau, die sich gerade von Gunther küssen ließ. Jede Empfindung von Wärme wich aus ihr.

Gunther wurde immer drängender und schob sie in Richtung Couch. Alles ging viel zu schnell. Sie löste sich ein wenig aus seiner Umarmung. »Gunther ...«

Er erwiderte nichts, wollte sie von Neuem umschlingen.

Und plötzlich trafen sich ihre Blicke, und Clara sah, dass er nicht mehr den warmen Blick des verliebten Mannes hatte; es war der Blick eines Männchens, das unbedingt sein abgestecktes Ziel erreichen und Revanche üben wollte. Wie er dahin gelangen konnte, hatte er in allen Details geplant.

Clara spürte, wie ein großer kalter Block sich über sie stülpte.

Was machte sie hier eigentlich, auf diesem Sofa, mit einer Bluse, die schon halb aus dem Rock gerutscht war, und mit Gunther, der auf ihr lastete?

Erneut stieß sie ihn von sich.

Gunther hätte die Situation vielleicht noch retten können.

Immerhin war Clara freiwillig mitgekommen und hatte ihm eine Möglichkeit eröffnet. Aber schon wieder legte er den falschen Gang ein.

Ein wenig genervt von Claras Widerstand, sagte er gereizt: »Aber was ist denn los? Du willst es doch auch!«

Vier Minuten später stand Clara in der Eingangshalle des Gebäudes und wartete auf ein Taxi, das ihr der Portier gerufen hatte.

Hector kommt ins Pantheon

»Was Lebenswenden angeht, hat dieses Monument wirklich mehr als genug durchgemacht«, sagte der alte François und wies auf das hohe Kirchenschiff des Pantheons.

Sie bewegten sich auf den Chor zu, und Hector fragte sich, weshalb sein alter Freund einen so merkwürdigen Treffpunkt ausgewählt hatte.

»Errichtet als Kirche unter dem guten König Ludwig XV., dann, noch vor der Fertigstellung, von den Revolutionären entweiht und zum republikanischen Tempel gemacht – zack! Die Heiligenstatuen werden zerschlagen, und man richtet Grabmale für Voltaire und Rousseau ein, zwei sogenannte Vordenker der Revolution ... Aber Voltaire hat einen solchen Umsturz ganz bestimmt nicht herbeigesehnt, er bewunderte die englische Verfassung und hätte gewiss lieber die Monarchie behalten. Ich hatte immer eine Schwäche für Voltaire, mein lieber Freund, denn er hat den Zweifel und die Toleranz gepriesen, und außerdem war er witzig, was man von dem melancholischen Schweizer nicht gerade behaupten kann. Der wollte den Menschen und die Gesellschaft radikal verändern, und man hat ja gesehen, mit was für Folgen ... Denken Sie nur, die späteren Anführer der Roten Khmer haben in ihren Studentenbuden in der Rue Saint-André-des-Arts sehr gründlich Rousseaus *Gesellschaftsvertrag* gelesen! Ach ja, der weltweite Einfluss der französischen Kultur ...«

Jetzt waren sie schon ein ganzes Stück durch das Kirchenschiff geschritten.

»Ich erspare Ihnen das ganze Hin und Her, aber jedenfalls hat Napoleon das Bauwerk den Gläubigen zurückgegeben; er wollte das Wohlwollen der Kirche und des Papstes gewinnen. Dann gab es andere Kriege und neue Revolutionen, und das Monument hat noch drei oder vier Umschwünge in der Nutzung erlebt, ehe es schließlich wieder zu einem republikanischen Tempel wurde, in dem man unsere großen Männer bestattet. Die Präsidenten der Republik pflegen hier eine Runde zu drehen, als wollten sie sich die höheren Weihen abholen, aber man fragt sich, wer sie ihnen erteilen soll … Ich finde das Resultat ziemlich komisch. Schauen Sie nur, dort drüben, die höchst frommen Fresken mit der heiligen Genoveva!«

Die Heilige war in verschiedenen Lebensabschnitten dargestellt – etwa als schönes junges Mädchen, das nachdenklich an den Mauern von Lutetia steht, ehe es das Pariser Volk dazu aufruft, den Ansturm der Hunnen abzuwehren.

»Ich wundere mich, dass man diese Episode unserer Geschichte noch nicht zu einem schaurig-schönen Blockbuster verwurstet hat. Die zarte blonde Genoveva, Auge in Auge mit dem schreckenerregenden Attila! In meiner Jugendzeit hat Jack Palance diese Rolle verkörpert, aber das war die Geschichte, wo er vor Rom steht … Und heute? Wer würde heute den Attila spielen?«

»Wahrscheinlich ein uns unbekannter Schauspieler des jungen zentralasiatischen Films …« Fast hätte Hector hinzugefügt: »Fragen wir mal Ophélie, die weiß da Bescheid.«

»Ja, wir sind nicht mehr ganz auf dem Laufenden, da gebe ich Ihnen recht. Mit den Filmen aus Hongkong habe ich mich damals noch ausgekannt, in den Siebzigerjahren – aber heute … Also bewundern wir lieber die heilige Genoveva! – Aber, lieber Freund, was soll man denn *dazu* sagen?«

Der alte François zeigte auf ein riesiges Wandgemälde über ihren Köpfen, das den Titel *Dem Ruhme entgegen* trug. Es stellte einen Angriff der Kavallerie dar, die spiralförmig in die Wolken aufzusteigen schien, wo jener Ruhm anscheinend zu finden war.

»Sie hätten es lieber *Dem Debakel entgegen* nennen sollen …

bei der großen französischen Tradition absurder Kavallerieangriffe! Crécy, Azincourt ... und vor allem, in der Zeit, als das Fresko entstanden ist, Reichshoffen, wo unsere erlauchten Generäle die Dragoner zum Sturm auf die deutschen Schützen losgeschickt haben. Dabei hatten die schon Hinterladergewehre! Eine absurde Entscheidung!«

»Warum absurd?«

»Alles eine Frage des Timings, lieber Freund. Als man die Gewehre noch von vorn über den Lauf lud, dauerte es eine Weile, bis die Infanteristen wieder feuern konnten, und währenddessen war die Kavallerie längst über ihnen! Aber über den Verschluss kann man viermal schneller nachladen, zwölf Schuss pro Minute statt drei. Und das hat den Sturmangriff der Reiter ein für alle Mal zum Scheitern verurteilt. Die kriegen alle eine Kugel in den Bauch, ehe sie den Feind auch nur erreicht haben. Sogar die Preußen waren von dem Schauspiel, wie unsere Reiterei von ihren Kugeln niedergemäht wurde, angewidert ...«

Dann hielten sie vor einer großen Grabstele inne, auf der in mehreren Spalten Hunderte von Namen eingraviert waren. *Den in den Jahren 1914–1918 für Frankreich gefallenen Schriftstellern*, las Hector.

»Das ist mal wieder wunderbar französisch«, meinte der alte François. »Man rechnet die fürs Vaterland gestorbenen Schriftsteller auf, als wollte man nur ja keinen vergessen, und dabei sind die meisten von ihnen vollkommen unbekannt. Beachten Sie, dass es keine Gedenksteine für die gefallenen Musiker, Maler oder Bildhauer gibt – und dabei waren auch die unter den Opfern. Wissen Sie übrigens, was einer der Gründe für den Erfolg des Art-déco-Stils in der Wohnhausarchitektur war?«

»Keine Ahnung.«

»Dass auch die Bauplastiker und Stuckateure scharenweise auf dem Schlachtfeld geblieben sind. So gab es nach dem Krieg einen Fachkräftemangel, und der Preis für ihre

Künste schoss in die Höhe. Ein Stil mit nüchternen, schmuckarmen Fassaden kam also wie gerufen, wenn ich das so sagen darf ... Und was die Anhimmelung der Schriftsteller betrifft, so erklärt sie auch unsere wiederholten militärischen Niederlagen.«

»Wie bitte? Unsere Liebe zu den Schriftstellern soll ...«

»Ja, genau. Wie Sie wissen, ernannte Napoleon jene Männer zu Generälen, die ihn auf dem Schlachtfeld am meisten überzeugt hatten. Später aber wurden zu große Teile unserer Militäreliten danach ausgewählt, ob sie schöne Aufsätze schreiben konnten!«

Man spürte, dass der alte François sich noch immer darüber ärgerte. Hector wusste, dass sein Freund in sehr jungen Jahren im Krieg gewesen war, wenngleich er nie darüber sprach.

Sie gingen ein paar Schritte weiter.

»Ah, das hier ist ein Denkmal, vor dem ich niemals ironische Kommentare machen werde. Hier empfinde ich den tiefsten Respekt.«

Sie waren vor einem Gedenkstein stehen geblieben, der von zwei Figuren überragt wurde, jungen Frauen, die aber wahrscheinlich schon Witwen waren. Hector las die in den Stein gravierten Buchstaben: *Den unbekannten Helden und unbeachteten Märtyrern, die für Frankreich gestorben sind.*

»Den unbeachteten Märtyrern«, sagte der alte François mit brüchiger Stimme. »Ich kann diese Worte nicht lesen, ohne tief ergriffen zu sein.«

Dann verstummte er, und Hector hatte den Eindruck, dass sein Kollege plötzlich so alt aussah, wie er wirklich war, selbst wenn ihm noch ein Rest von der Jugendlichkeit der letzten Wochen geblieben war.

»Es hat so viele gegeben, lieber Freund, so viele ... Unsere Welt ist geradezu auf den Knochen unbeachteter Märtyrer errichtet worden, deren Opfertod uns für immer verborgen bleiben wird. Und es gab auch viele Frauen unter ihnen ...«

Hector spürte, dass der alte François von Erinnerungen

überwältigt wurde, die für ihn noch sehr lebendig sein mussten. Er hoffte, dass sein alter Freund sich ihm eines Tages offenbaren würde.

»Na schön, ich sehe, dass draußen wieder die Sonne scheint. Das sollten wir ausnutzen ... *Mehr Licht*, wie eine andere Berühmtheit gesagt hat. Denken Sie sich nur: Als man aus dieser Kirche einen republikanischen Tempel machen wollte, hatte der neue Architekt nichts Eiligeres zu tun, als die Fenster zu verdunkeln – so als wollte er eine riesige Krypta schaffen. Zum Glück sind wenigstens die Obergadenfenster geblieben. Den Besuch der eigentlichen Krypta kann ich nicht empfehlen. Was für eine Idee, die Gräber unserer Nationalhelden in einen finsteren Keller zu verfrachten! Die Engländer haben recht, wenn sie ihre großen Leute im Kirchenschiff der Westminster Abbey beisetzen, im Licht der Kathedralenfenster ... aber unsere britischen Freunde haben in solchen Dingen ja sowieso eine glückliche Hand. Schauen Sie sich nur mal ihre idyllischen Friedhöfe an, auf denen die Grabsteine inmitten grüner Rasenflächen ruhen, und dann vergleichen Sie damit die trostlosen Kiesalleen unserer Friedhöfe, wo jedes aufkeimende Pflänzchen sofort vernichtet wird!«

Während das Gespräch weiterging (oder vielmehr der Monolog des alten François), begaben sie sich zur Vorhalle zurück, und als sie schließlich draußen standen, genossen sie einen der schönsten Blicke über Paris. Vor ihren Füßen lag die Rue Soufflot, die zum Jardin du Luxembourg hinabführte; man konnte die Dächer des Palais Médicis erkennen und in der Ferne den Eiffelturm, dessen Silhouette sich direkt aus dem Blätterwerk zu erheben schien.

»Ich glaube, ich sehe den Turm lieber von hier als vom Trocadéro aus«, sagte der alte François. »Er ist, wie soll ich sagen ... geheimnisvoller. Für mich wird dieser Hügel, die Montagne Sainte-Geneviève, die im Grunde das Herz von Paris ist, immer die beiden anderen übertreffen, sowohl den von Chaillot als auch den von Montmartre.« Und zur Bekräftigung seiner Worte stampfte er auf die Steinplatte unter seinen Füßen.

Und jetzt erst merkte Hector, dass er alle diese drei Erhebungen in kaum einem Monat besucht hatte. Sollte darin ein verborgener Sinn liegen?

Auf dem Hügel von Chaillot, gegenüber vom Trocadéro, hatte ihm der alte François offenbart, dass er mit jemandem über seine Midlife-Crisis sprechen müsse.

Auf dem Hügel von Montmartre hatte ihn Robert zum Zeugen von Denises Untreue werden lassen, und Hector hatte ihm sein eigenes Verhältnis mit einer jungen Bewunderin offenbart ...

Und heute, auf der Montagne Sainte-Geneviève, was würde ihm der alte François da offenbaren?

Hector ist traurig

Hector und der alte François überquerten den gepflasterten Vorplatz des Pantheons und gingen rechter Hand in der Rue Soufflot einen Kaffee trinken. Von der Terrasse des Cafés, das passenderweise Café Soufflot hieß, konnte man das Pantheon bewundern, aber auch die Kirche Saint-Étienne-du-Mont, ein Wunderwerk der Gotik, das sich ein wenig im Hintergrund hielt und mit seiner erhabenen und zurückhaltenden Schönheit das Pantheon vergleichsweise ein wenig aufdringlich wirken ließ.

Die Sonne hatte sich versteckt, und hin und wieder strich ein kühler Windstoß über die Terrasse. Hector fragte sich, ob der alte François nicht lieber drinnen sitzen würde, aber sein Freund sagte noch einmal »Mehr Licht!« und wollte auf der Terrasse bleiben. Hector bestellte ein Glas Saint-Émilion, der alte François ein Glas Chablis, und dazu nahm jeder noch ein Glas Wasser und ein Schälchen Erdnüsse, damit sie den Wein nicht zu schnell austranken.

»Wie geht es Ihnen, lieber Freund?«, fragte der alte François und schaute Hector dabei nachdenklich an, um ihm zu zeigen, dass es nicht nur eine Höflichkeitsfrage war.

Hector war hin und her gerissen: Einerseits hätte er sich dem alten François gern anvertraut, aber zugleich fürchtete er sich davor, seinen alten Freund traurig oder besorgt zu machen oder schlimmer noch: ihn zu erzürnen.

»Quälen Sie sich nicht herum«, sagte der alte François, »ich weiß Bescheid.«

Und Hector spürte, wie eine große Last von ihm wich, und im selben Augenblick verzogen sich die Wolken, und ein Sonnenstrahl ließ den Glockenturm von Saint-Étienne-du-Mont aufblitzen.

Später sagte der alte François: »Eigentlich habe ich gleich begriffen, dass diese Geschichte unvermeidlich war, schon beim ersten Mal, als Sie und Ophélie einander begegnet sind, wissen Sie noch, im Lutetia? Wie zwei Asteroiden, deren Zusammenprall ein Astronom vorhersagt – und sehe ich nicht aus wie ein alter Astronom?«

»So unvermeidlich war es gar nicht! Ich hätte ja widerstehen können.«

»Ja, wenn Sie sie nicht wiedergesehen hätten …«

Hector fand, dass der alte François recht hatte. *Und führe uns nicht in Versuchung*, sagte das Gebet, das er als kleiner Junge gelernt hatte. Vielleicht hatte er es seitdem nicht oft genug aufgesagt?

Und plötzlich wurde ihm alles klar: Ophélies Interview mit ihm, das Abendessen nach dem Theater, der Besuch in der Ambulanz …

»Aber Sie selbst haben unsere Begegnungen ja gefördert. Und dabei wussten Sie die ganze Zeit, dass …«

Der alte François lächelte. »Sagen wir, dass ich ein wenig … zu Späßen aufgelegt war, nicht wahr? Ein alter Spaßvogel, wie man so sagt?«

Hector konnte es kaum fassen. Der alte François konnte sich doch niemals damit amüsiert haben, mit seinem und Ophélies Leben zu spielen!

»Na schön, Spaß beiseite, mein lieber Freund. Es ist eine ernste Stunde – wenn auch vielleicht wieder nicht so ernst, aber ich will es Ihnen erklären.«

»Warten Sie … ich möchte selbst darauf kommen. Sie haben also das Verhältnis zwischen Ophélie und mir tatsächlich befördert?«

»Natürlich«, erwiderte der alte François, »das gebe ich gern zu.«

Und dann erklärte er seinem Freund, er habe von Anfang an gewusst, dass Hector seine Clara niemals verlassen würde und dass somit keine Gefahr für ihn bestand.

Hector fand, dass dieser Punkt eine ausführlichere Diskussion verdiente; er wusste nicht einmal, in was für einem Zustand er sich bei Claras Rückkehr befinden würde.

»Und was ist mit Ophélie?«

»Im Grunde war mir klar, dass sie irgendwann eine Liaison mit einem Mann Ihres Alters haben würde. Das war bei ihr unvermeidlich. Heute gehört das praktisch schon zu den Initiationsriten einer jungen Frau, und bei ihr war es noch wahrscheinlicher, weil sie ihren Vater so früh verloren hat. Als ich Sie beide zum ersten Mal miteinander sah, habe ich mir gesagt, dass Sie, lieber Freund, der beste Kandidat für Ophélie sind. Wenn schon, dann Sie und nicht irgendwer; schließlich ist sie meine geliebte Enkeltochter, verstehen Sie? Ich wollte nicht, dass man ihr übel mitspielt!«

»Und mir und Clara, könnte uns diese Sache nicht übel mitspielen?« Zum ersten Mal war Hector ein wenig verärgert über seinen alten Freund.

»Verzeihen Sie mir bitte, wenn ich Sie ein wenig in Gefahr gebracht habe, aber im Grunde war das Risiko gering. Ich habe an Ihre Midlife-Crisis gedacht und daran, was für ein vernünftiger Mann Sie sind ... Sie träumten von einem Abenteuer und untersagten es sich doch. Also fand ich, dass Sie etwas Explosives brauchten, um aus diesem schmerzlichen Zustand herauszukommen, und dass Sie letztendlich wieder auf die Füße fallen würden – wie immer ...«

Hector fragte sich, ob das stimmte. War er bisher wirklich immer wieder auf die Füße gefallen? So hatte er noch nie über sich nachgedacht. »... und auch für Sie war Ophélie die bestmögliche Partnerin; sie ist im Grunde schon so erwachsen. Ich spürte, dass Ihnen wirklich ein letztes Liebesabenteuer fehlte. Dass Sie eine letzte Liebesgeschichte erleben mussten, um Ihr Problem in den Griff zu bekommen.«

Und allmählich wurde Hector klar, dass der alte François recht hatte. Er hatte ein letztes Liebesabenteuer gebraucht, um herauszufinden, dass er nicht mehr für Liebesabenteuer gemacht war. »Trotzdem war es ein bisschen riskant!«

»Das will ich gern einräumen, aber die Zeit drängte.«

»Die Zeit drängte?!«

»Zumindest für mich, mein lieber Freund.«

Der alte François verriet ihm, dass er bei ihrem gemeinsamen Freund Robert in Behandlung war, weil er eine ziemlich böse Blutkrankheit hatte. Hector war fassungslos.

»Aber in letzter Zeit wirkten Sie doch immer so frisch und dynamisch!«

»Bizarrerweise war das eine Nebenwirkung der Behandlung. Ich habe eine Gentherapie gemacht, und anscheinend blockiert die auch die Folgen der Telomerase. Sie wissen ja, das ist es, was die Chromosomen am Altern hindert … Es war ein erster Versuch, und ich gestehe, dass ich Robert dazu ermuntert habe, alle Vorsichtsmaßregeln zu überschreiten. Er wird die Ergebnisse nur schwer in seine Studie aufnehmen können …«

»Und haben Sie die Therapie jetzt abgebrochen?«

»Nein, ich mache weiter, aber offenbar schwächt sich die Wirkung ab.« Der alte François trank noch einen Schluck Chablis. »Jedenfalls habe ich in der letzten Zeit sehr schöne Momente erlebt, ich hatte wirklich großes Glück. Und insgesamt hatte ich auch ein sehr schönes Leben. Ich bin immer ein Glückskind gewesen … Aber trinken wir doch auf Sie, lieber Freund, auf Ihr neues Leben!«

Und der alte François erhob sein Glas auf Hectors Gesundheit.

So werde durch uns drei …

Hector und Ophélie sahen sich noch einige Male. Seit dem Abend in Léons Restaurant hatten sie nie wieder über ihre Liebesgeschichte und deren Ende gesprochen. Wenn sie auseinandergingen, verabredeten sie sich jetzt einfach nicht mehr für das kommende Treffen. Es war Ophélie, die über die nächste Begegnung entschied, indem sie Hector anrief und fragte: »Hättest du Zeit für einen kleinen Rückfall?«

Und Hector hatte immer Zeit, denn er sagte sich jedes Mal, dass es vielleicht ihr letzter Anruf war. Nach jeder neuen Begegnung hoffte er, dass sie nicht wieder anrufen würde, doch zugleich wünschte er sich, dass sie wieder anrief.

Sie scherzten miteinander wie vorher, und Ophélie schien sich einen Spaß daraus zu machen, ihre Lage mit altmodischen Sprichwörtern zu kommentieren.

»Die Jugend muss sich die Hörner abstoßen«, sagte sie, bevor sie ihn küsste.

Oder beim Fortgehen, wenn sie die Treppe hinabstieg: »Reisen bildet die Jugend.«

Und dann verschwand sie wieder, ohne dass sie sich für ein nächstes Mal verabredet hatten.

Hector hatte es vermeiden können, seine Tochter gleich nach deren Ankunft in Paris zu treffen.

Sobald er Anne gegenüberstand, so fürchtete er, wäre es ihm unmöglich, sich noch mit Ophélie zu treffen, die genauso alt war wie seine Tochter. Außerdem dachte er, dass Anne gleich auf den ersten Blick sehen würde, dass mit ihm etwas nicht stimmte. Weil seine Tochter aber in Paris viele Freunde sehen wollte und er selbst behaupten konnte, dass er beruflich sehr eingespannt war, gelang es ihm, das Willkommensmahl zu verschieben, zu dem er sie traditionell in ihr Lieblingsrestaurant einlud, einen kleinen Italiener in der Rue du Cherche-Midi.

Er wusste, dass dieses Mittagessen mit seiner Tochter sofort tödlich für sein Verhältnis mit Ophélie sein würde, obwohl dieses auch so unvermeidlich auf sein Ende zusteuerte. Er fühlte sich wie einer von Roberts Kranken, der weiß, dass sein Ende nah ist, aber trotzdem noch auf einige Tage Aufschub hofft. Und er erriet, dass Ophélie in der gleichen Situation war, weil sie wusste, dass Claras Rückkehr das Ende ihrer Geschichte bedeutete.

Einige Tage später, als Hector und Ophélie gerade in einem sehr schicken japanischen Restaurant zu Abend speisten, vibrierte Hectors Handy in seiner Brusttasche. Er konnte es sich nicht verkneifen, auf das Display zu schauen.

Habe dir eine E-Mail geschickt. Bin morgen zurück.
Das war Clara.
»Schlechte Nachrichten …«
»Ähm … na ja, das nicht …«
Aber Ophélie benötigte gar keine Erklärungen; sie hatte schon verstanden, als sie Hectors Miene beim Lesen der Nachricht beobachtet hatte.
»Also …«, begann er.
Ophélie jedoch legte ihm den Finger auf die Lippen, sodass er den Satz nicht beenden konnte.
Und dann sagte sie ihm mit den Worten von Bérénice:

So werde durch uns drei zum Vorbild aller Welt
Das allerzärtlichste und schmerzensreichste Lieben,
Davon ein Name je und ein Bericht geblieben.
Man ruft. – Ich bin bereit. Folgt nicht, lasst mich allein.
Noch einmal, liebster Herr, lebt wohl.

Hector und Clara

Hector wartete auf Clara in der Ankunftshalle vom Terminal 1 des Flughafens Charles de Gaulle.

Er wollte sie überraschen, denn normalerweise war er um diese Zeit in der Praxis, und sie rechnete nicht damit, dass er sie abholte.

Jedes Mal, wenn eine neue Welle von Passagieren heranbrandete, fragte er sich, ob es das Flugzeug aus New York war. Aber abgesehen von den Menschenströmen, die eindeutig aus Afrika oder Asien kamen, war es nicht zu erraten.

Es machte Hector Spaß, die Emotionen auf den Gesichtern der Ankommenden zu studieren. Sie reichten von Furcht bis Überraschung, und Freude leuchtete auf, wenn sie einen Angehörigen erblickten, der auf sie wartete. Hector war ein Bewunderer von Darwin, der als Erster angenommen hatte, dass der Gesichtsausdruck der Emotionen auf der ganzen Welt gleich war – bei Afrikanern, Chinesen, Skandinaviern oder sogar Inuit, auch wenn es von Letzteren wahrscheinlich nur wenige unter den Passagieren gab.

Und trotzdem litt Hector innere Qualen. Er hatte in den letzten Tagen gespürt, dass Claras Tonfall am Telefon irgendwie anders gewesen war. Ahnte sie etwas von seiner Untreue? Oder wenn sie nun selbst ein Liebesabenteuer hatte? Und Hector hatte sich Sitzungsräume ausgemalt, die voll von gut aussehenden und draufgängerischen Amerikanern waren ...

Was würde er in Claras erstem Blick lesen? Ihm war bewusst, dass er nicht nur auf sie wartete, weil er ihr eine Freude machen und sie so schnell wie möglich wiedersehen wollte, sondern auch, um ihren ersten Blick auffangen zu können, ihre spontane Emotion, wenn sie ihn zu Gesicht bekam. Er wollte daraus erraten, ob Clara ihn noch immer liebte.

Aber noch mehr fürchtete Hector sich vor seiner eigenen Reaktion. Sollten all die mit Ophélie verbrachten Stunden nicht etwas an der Art und Weise geändert haben, wie er Clara anschaute, wie er sich am Tage und in der Nacht mit ihr fühlte? Davor hatte er Angst. Könnte ihn das Abenteuer mit Ophélie nicht endgültig aus der Spur geworfen und unfähig für das Eheleben gemacht haben?

Und wenn er nun wie ein ehemaliger Rauschgiftabhängiger, der einen Rückfall hatte, zu einem alten Sack wurde, der penetrant junge Frauen anbaggerte – oder, schlimmer noch, zu einem tugendsamen, aber chronisch frustrierten Ehemann?

Das hatte Clara nicht verdient.

Warum sollten sie wieder zusammenfinden, wenn nicht, um miteinander glücklich zu sein? »Sie werden immer wieder auf Ihre Füße fallen«, hatte der alte François gesagt. Aber stimmte das auch?

Da tauchte Clara auf, und sie sah besorgt und abgekämpft aus.

Und dann erblickte sie Hector, und ihr ganzes Gesicht hellte sich auf.

Später, als Clara in seinen Armen in Tränen zerfloss und er spürte, wie sein eigenes Herz in der Brust pochte, sagte er, dass der alte François letztendlich doch recht gehabt hatte.

Und noch später, schon in der Nacht, bekam er einen Anruf von Robert.

Der alte François in St-Étienne-du-Mont

Hector versuchte sich von seinem Kummer abzulenken, indem er die Aufschriften auf den zahlreichen Kränzen und Gebinden las, die man so um den Sarg herumgelegt hatte, dass er auf einer Woge von Blumen zu schwimmen schien.

Für unseren Kollegen. Dieser Kranz kam sicher von den Psychiatern des fünften Arrondissements, wo der alte François in früheren Jahren seine Praxis gehabt hatte. Die Kollegen hatten eine schöne Kombination aus Rosen und Pfingstrosen ausgewählt. Andere Kränze waren mit Abkürzungen versehen, die er nicht alle kannte: *AFPA, FPA,* aber ein P enthielten sie immer, denn es handelte sich um nationale und internationale Psychiatrievereinigungen. Auf einem Kranz stand *Von den Beschäftigten des Tarnier-Krankenhauses.* Dort hatte der alte François immer noch Gratissprechstunden angeboten.

Ein großes Gebinde aus Lilien und Eibenzweigen, auf dem ein Wappenschild mit Schwertern und Flammen prangte, hatte eine Schleife mit der Aufschrift *Für unseren Kameraden* – eine Erinnerung an jenen Krieg, über den der alte François niemals gesprochen hatte.

Um Hector und Clara herum, hinter den Reihen, die für die Familienmitglieder des alten François reserviert waren, standen einige sehr alte, ordenbehangene Herren mit militärischem Haarschnitt. Einen Augenblick lang bedauerte es Hector, nie Soldat gewesen zu sein – das hätte sonst eines Tages seinem eigenen Begräbnis eine distinguierte Note verleihen können. Aber das waren nur Gedanken, wie sie einem kamen, wenn man sich von seinem Kummer ablenken wollte.

An seiner Seite kämpfte Clara mit den Tränen; sie hatte den

alten François sehr gemocht und war über sein scheinbar so plötzliches Ableben bestürzt gewesen. Neben ihr stand Anne, die bestimmt gerade daran dachte, wie der alte François mit ihr gespielt hatte, als sie noch ein kleines Mädchen gewesen war.

Hector konnte es kaum fassen, wie sehr seine Tochter seit ihrer letzten Begegnung zur Frau geworden war – und zu einer eleganten Frau, ganz wie ihre Mutter. Plötzlich musste er daran denken, dass Anne eines Tages bei seinem eigenen Begräbnis in einer Kirche stehen würde, und von dieser Vorstellung war er ganz erschüttert.

In derselben Reihe wie Hectors Familie standen auch Denise und Robert. Die beiden Paare hatten sich umarmt, bevor sie in die Kirche gegangen waren, und Hector und Robert hatten einen Blick gewechselt und einander wortlos verstanden.

Hinter ihnen war das Kirchenschiff voller Menschen. In seinem langen Leben hatte der alte François viele Bekanntschaften geschlossen, Ehepaare und Familien gerettet und eine Menge Leute behandelt. Trotz der unvermeidlichen Verluste über die Jahre hinweg reichte die Menge aus, um die Kirche Saint-Étienne-du-Mont zu füllen.

Und dann sah Hector, wie ganz hinten am Eingang plötzlich die Silhouette eines groß gewachsenen Mannes auftauchte. Wie versprochen, war Hector II. direkt vom Flughafen hergekommen – in Begleitung jener jungen dunkelhaarigen Frau, die Hector schon auf einem Foto gesehen hatte.

Dann richtete Hector seinen Blick wieder auf den Chor. Er malte sich aus, was der alte François an diesem Ort wohl gesagt hätte; er glaubte geradezu die Stimme seines alten Freundes zu hören: »Muss man diesen Reliquienschrein nicht bewundern? Die heilige Genoveva liegt tatsächlich darin, während von Attila nichts geblieben ist. Die Überlegenheit des Geistes über das Schwert, lieber Freund, jedenfalls in den Augen der Nachwelt, denn auf dem Schlachtfeld bin ich mir da nicht so sicher ... Aber auch hier gab es wieder jede Menge

Wendungen, vor allem postume, wenn man das so sagen darf ... Der erste Heiligenschrein ist in der Revolution von den Sansculotten zerstört worden. Die sterblichen Überreste der Heiligen wurden verstreut, dann wiedergefunden, dann ...«

Die Messe nahm ihren Lauf, man war beim *Agnus Dei* angelangt, und Hector murmelte die Antworten auf die Worte des Priesters und musste feststellen, dass er sie nicht mehr so genau in Erinnerung hatte. Clara nahm seine Hand und versuchte, ein paar kleine Schluchzer zu unterdrücken.

Die Sitzreihen vor ihm wurden von der großen Familie des alten François eingenommen; es waren Menschen jedes Alters, Erwachsene und Kinder, und natürlich hatte er in ihrer Mitte gleich Ophélie ausgemacht, ihre Haare in der Farbe des Herbstlaubs, die unter einer reizenden schwarzen Mütze wie Flammen züngelten.

Von Antoine konnte Hector nichts entdecken. Bei einem ihrer letzten Gespräche hatte Ophélie ihm gesagt, sie und Antoine wollten »gute Freunde bleiben«.

Eine solche Veränderung war für ihn sicher schwer zu akzeptieren, und so war er heute nicht erschienen.

Hector hatte sich gesagt, dass sein Verhältnis mit Ophélie ihr vielleicht eine glückliche Zukunft mit Antoine verbaut hatte. Andererseits wusste er auch, dass Ophélie noch zu jung und zu begierig auf neue Erfahrungen war, um sich bereits fest zu binden, selbst wenn ein so großartiger junger Mann wie Antoine auf sie wartete.

Einmal drehte sie sich kurz um, und ihr Blick begegnete dem von Hector. Und durch all ihren Kummer und ihre Tränen hindurch konnte Hector darin ein ganz schwaches Lächeln ausmachen.

Da wusste er, dass sich der alte François nicht geirrt hatte.

Epilog

Einige Wochen später bekam Hector in seiner Praxis ein Paket. Es war in Aix-en-Provence aufgegeben worden.

Als er es öffnete, fand er darin Tüten mit Dinkel, Quinoa und Bulgur, verschiedenfarbige Nudeln und Olivenöl, alles aus biologischem Anbau, und dazu zwei schöne Mangos, die noch nicht ganz reif waren. Und auf rohseidenfarbenem Recyclingpapier (natürlich) ein paar Worte von Sabine, die ihm dankte, dass er ihr geholfen hatte, sich »diesen Neustart selbst zu erlauben«. Sie schrieb, dass ihr Laden wie geplant eröffnet worden war und sehr gut anlief. »Meine Marktanalyse war richtig, es gab eine unbefriedigte Nachfrage«, fügte sie hinzu, denn um sich ihren Traum zu verwirklichen, hatte Sabine ihre ganze frühere Ernsthaftigkeit bewahrt.

Das regte Hector zu einem Eintrag in sein kleines Notizbuch an:

Wenn Sie Ihre Träume wahr machen wollen, sollten Sie das mit dem allergrößten Ernst tun.

Über ihren Mann schrieb Sabine nichts, aber Hector sagte sich, dass er unter der Sonne der Provence keine Ausreden mehr haben würde, nicht ein paar mehr Tennisstunden zu geben. Er sollte dies im eigenen Interesse tun, damit man ihm nicht eines Tages endgültig die Nuckelflasche wegzog.

Fast zur gleichen Zeit bekam Hector eine Postkarte aus Schanghai, die in einem frankierten Umschlag steckte. Abgebildet war das Werk eines jungen chinesischen Künstlers, die Parodie auf ein Revolutionsplakat: Tapfere Arbeiter, Bauern und Intellektuelle reckten darauf statt der üblichen Gewehre, Sicheln oder Hämmer mit triumphierender Geste die herrlichsten Smartphones in die Höhe.

»Steigende Werte?«, hatte Olivia auf die Rückseite der Karte geschrieben. Darunter hatte sie noch hinzugefügt: »Danke für alles, wirklich!« und ein kleines Smiley gezeichnet, und Hector begriff, dass sie auf sein Wartezimmer anspielte. Dementsprechend schrieb er in sein Notizbüchlein:

Wenn Sie davon träumen, ein neues Leben anzufangen, sollten Sie dabei vor allem die Augen offen halten.

Einige Zeit darauf sah Hector seine neuesten E-Mails durch, und seine Aufmerksamkeit wurde von einem Absender gefesselt, den er nicht kannte: *Gott allein.*

Im ersten Moment fragte sich Hector, ob ihm womöglich der Allerhöchste eine Nachricht geschickt hatte, um ihm in Erinnerung zu rufen, dass er Ehebruch begangen hatte und allzu glimpflich aus der Geschichte herausgekommen war.

(Um es Ihnen nur kurz zusammenzufassen: Hector hat Clara natürlich nie etwas verraten, und nach ihrer Rückkehr war seine Liebe zu ihr größer als zuvor. Er hatte mit Erstaunen festgestellt, dass auch ihre Liebe zu ihm gewachsen war. Ophélie indessen verlobte sich tatsächlich mit Antoine, der offenbar doch noch gelernt hatte, ihr zu widersprechen – was den alten François sehr gefreut hätte, und vielleicht hat es ihn, sofern Sie ans ewige Leben glauben, ja wirklich noch gefreut. Besonders moralisch ist das alles aber nicht, werden Sie nun einwenden – aber soll man einen Baum nicht nach seinen Früchten beurteilen?)

Die E-Mail kam von Roger, und darin stand:

Lieber Doktor,

heute schreibe ich Ihnen nur ein paar Sätze, damit Sie wissen, dass hier alles gut läuft, zumindest für mich. Die Stadt muss mal recht hübsch gewesen sein, aber es hat sie verdammt schwer getroffen.

Eingestürzt sind besonders die neueren Gebäude, wie Bürohäuser und Hotels. Zum Glück arbeiten hierzulande noch nicht so viele Leute in Büros, und in der nächsten Zeit wird es nicht gerade dazu ermuntern, so viel steht fest. In den Hotels hat es vor allem Ausländer erwischt, und nach dem, was man mir erzählt hat, waren sie nicht alle mit besten Absichten in dieses Land gekommen.

Als es passiert ist, waren die Kinder nicht in der Schule, und so sind sie verschont geblieben, denn solcher ist das Reich Gottes. Die Kinder haben hier nämlich, weil es so heißt ist, nachmittags keinen Unterricht.

Ansonsten arbeite ich viel, und das tut mir gut, obwohl ich auch merke, dass ich keine zwanzig mehr bin. Es gibt hier Pater und Nonnen, die sehr nett zu mir sind, und freiwillige Helfer aus so ziemlich allen Ländern der Welt.

Ich habe alle meine Medikamente abgesetzt.

(Nein, das war nur Spaß, ich nehme sie weiterhin.)

Wissen Sie, hier fehlt es wirklich an Psychiatern, denn am Tag des Erdbebens hatten sich alle Nervenärzte des Landes (und das waren sowieso nicht viele) zu einer kleinen Tagung in einem Hotel versammelt, und dann – bums! Das tut mir leid, denn es waren bestimmt so gute darunter wie Sie.

Auf jeden Fall sind die hiesigen Hilfsorganisationen auf der Suche nach Psychiatern, aber sie haben Mühe, welche zu finden. Wenn Sie Urlaub machen, könnten Sie doch mal vorbeischauen? Man wird Sie hier freundlich aufnehmen, glauben Sie mir.

Jetzt muss ich aber zum Schluss kommen, denn die Sonne steht nicht mehr ganz so hoch am Himmel, die Hitze ist nicht mehr so drückend, und ich muss mich wieder an die Arbeit machen.

Roger

Die Nachdichtungen wurden mit freundlicher Genehmigung folgenden Quellen entnommen:

Alfred de Vigny, *Der sterbende Wolf*. Deutsch von Hans Kaeslin. In: Hanno Helbling/Federico Hindermann (Hrsg.): *Französische Dichtung. Band 2: Von Corneille bis Gérard de Nerval*. München (dtv) 1991. S. 221.

Rudyard Kipling, *Wenn*. Deutsch von Lothar Sauer. Zitiert nach: www.lothar-sauer.hollosite.com/uebersetzer/kipling/index.html

Jean Racine, *Berenize*. Deutsch von Rudolf Alexander Schröder. Stuttgart (Reclam) 1964. S. 46 und 61.